KB121151

로크미디어가
유혹하는
재미있는 세상

이것이 사이다

이것이 법이다 25

2017년 8월 2일 초판 1쇄 인쇄
2017년 8월 9일 초판 1쇄 발행

지은이 자카예프
발행인 이종주

기획 팀 이기헌 왕소현
책임 편집 최전경

발행처 (주)로크미디어
출판등록 2003년 3월 24일
주소 서울시 마포구 성암로 330 DMC첨단산업센터 3층 314호
Tel (02)3273-5135 Fax (02)3273-5134
홈페이지 rokmedia.com E-mail rokmedia@empas.com

ⓒ 자카예프, 2015

값 8,000원

ISBN 979-11-6130-246-1 (25권)
ISBN 979-11-255-9575-5 04810 (세트)

이것이 법이다

25

자카예프 장편소설

로크미디어

CONTENTS

잘못된 인맥은 때로는 범죄다

　―이번 사건에서 경찰은 아직까지 아무런 관련 증거를 발견해 내지 못하고 있습니다. 현재 용의자들은 살인 사건은 없었다고 주장하고 있으나 경찰에서는 수십 명의 피가 나온 상황에서…….

　노형진은 인터넷을 뉴스를 보다가 경찰에 괜히 미안하다는 생각이 들었다.

　"그러니까 처음부터 일 좀 제대로 하지. 쩝…….”

　요즘 경찰은 점점 동네북이 되어 가고 있었다. 그럴 수밖에 없는 게 수십 명의 피가 묻은 살인 연장이 백 개가 넘게 나왔는데 사건에는 진전이 없는 데다가 노형진이 제보한 뉴스에는 그들이 다른 운전기사들을 쫓아낼 때 경찰이 모른 척

하는 게 그대로 찍혀 있었기 때문이다.

결과적으로 국민들에게는 경찰들이 살인범들과 결탁해서 사건을 덮는 것으로밖에 보이지 않았다.

"위에서는 좀 억울하겠지만."

결국 이 사건은 엄청난 파장을 일으켜서 해당 지역 경찰에 대한 대대적인 감사가 진행되었고, 해당 지역의 경찰서장을 비롯한 경찰의 5분의 1이 구속되는 사태까지 벌어지면서 상황은 나아질 기미가 보이지 않았다. 이런 상황에서 살인 증거를 찾지 못하니 아마 경찰 수뇌부는 죽을 맛일 것이다.

"다 자초한 거다."

노형진은 피식 웃으면서 인터넷 뉴스를 껐다. 때마침 실내 전화벨이 울린 것이다.

띠리링, 띠리링.

"네, 노 변호사입니다."

"노 변호사님, 사건 하나 배정하려고 하는데요. 괜찮으시 겠어요?"

"사건요?"

노형진은 고개를 갸웃했다. 목소리를 들어 보니 사건 배당 부의 직원이다. 그런데 자신에게 허락을 받다니?

"다행히 현재 담당하고 있는 사건은 없습니다만? 제 사건 이 있는지 없는지는 잘 아시잖아요?"

"그렇기는 한데 말이죠, 사건 자체가 사건이라고 보기에는 좀 애매해서요."

"사건이기는 한데 사건이라고 보기가 애매하다?"

노형진은 눈을 살짝 찡그렸다.

"강력 사건입니까?"

"굳이 말하자면 강력 사건은 아니기는 한데…… 노 변호사님이 담당해 주셨으면 해서요."

"흠?"

보통은 이런 사건은 사건을 배당받은 변호사가 판단해서 노형진에게 가지고 오기에, 가능한 그에게는 사건을 배당하지 않는다. 노형진은 새론에서 다른 변호사를 돕는 포지션이기 때문이다. 그래서 이렇게 배당부에서 연락이 온 것도 처음이었다.

"무슨 사건입니까?"

"성추행이라고 봐야 하나요?"

"성추행이라고 봐야 하나요……?"

질문 형식의 답변에 노형진은 똑같이 되물을 수밖에 없었다.

'뭐지?'

아무리 배당부에서 일하는 사람들이 이쪽에서 종사하는 게 아니라고 해도 기본적으로 사건을 배당하려면 사건에 대해서 잘 알아야 한다. 변호사별로 전문 사건이 따로 있기 때문이다. 그런데 그걸 정하지 못한다고 하니 노형진은 의아할 수밖에 없었다.

'좀 복잡한 사건인가 보네.'

"사건 자체는 복잡한데 문제가 심해서요."

"문제가 심하다?"

"네."

"일단 서류를 가지고 와 보시겠습니까?"

"알겠습니다."

담당 직원은 바로 서류를 가지고 왔다.

서류를 받아 든 노형진은 그제야 대충 왜 그런지 알 것 같았다.

"이거…… 현실이 문제군요."

"네."

직원은 고개를 끄덕거렸다.

"사건 자체는 무척이나 쉽습니다. 하지만 그 후에 의뢰인이 피해를 안 받을 수가 없어서요."

"흠……."

노형진은 고개를 끄덕거렸다.

"이런 사건은 그렇지요."

사건 자체는 간단했다. 대학원에서 교수가 대학원생을 성추행한 거다. 원인은 당연하게도 우리나라의 잘못된 사회구조였다.

"이대로 진행하면 매장당할 겁니다."

"그렇겠지요."

교수라는 직업은 어느 정도 안정된 자리다. 좋게 말하면 안정된 거고, 나쁘게 말하면 이미 학연과 지연으로 끈끈하게 엮여 있는 것이다.

"이런 것에 대해 잘 아시나 보군요."

"제 주변에 이렇게 당한 사람이 있거든요. 결국 그 사람도 학업을 포기하고 그만뒀지요."

"대충 이해가 갑니다."

교수를 비롯하여 소위 선생이라 불리는 작자들의 문제는 많다. 월급을 빼앗는 것은 흔한 일이고, 어떤 경우에는 잠자리까지 요구하기도 한다. 만일 거절하면 자신의 인맥을 동원해서 그를 사회적으로 매장시켜 버린다.

"아무래도 이분도 무리한 요구를 받으신 것 같군요."

"잠자리 요구를 받으셨답니다."

"끄응……."

사실 대학원생쯤 되면 세상을 모르는 것은 아니다. 그러니 성추행 정도는 이를 악물고 버티려고 한다. 하지만 그 이상이 넘어가니 그도 버티지 못하는 것이다.

"이건 법으로 어쩔 수가 없어서요."

담당 직원은 어깨를 으쓱했다.

"잘 가지고 오셨습니다."

노형진은 고개를 끄덕거렸다.

이건 일반적인 변호사들은 해결할 수 없는 일이다. 아니, 애초에 법으로 해결할 수 있는 일이 아니다.

'법은 사건 자체만을 해결해 주니까.'

하지만 그 사람의 범죄에 대한 보복은 해결해 주지 않는다. 그 보복이 법적으로 문제가 되는 폭력이나 협박이라면 해결해 주지만.

'이런 사적인 보복에는 대책이 없지.'

노형진도 회귀 전에도 이런 사건을 담당한 적이 있다.

모 의과대학의 레지던트가 교수에게 성추행을 당해 신고했다. 그런데 어떻게 되었냐고?

교수는 성추행으로 벌금 200만 원만 납부하고 끝났다.

반면에 그녀는 학교에서 퇴교당했고 다른 학교에서 받아 주지도 않아 재입학하지도 못했다.

결과적으로 그녀는 의사가 되지 못했다. 레지던트를 끝내지 않으면 의사가 되지 못하기 때문이다.

'그때는 실수였어.'

그냥 그 사건만 해결하면 모든 게 해결될 거라 생각하는 기초적인 실수 말이다.

"좋은 방법이 없을까요?"

"글쎄요……. 이건 좀 생각을 해 봐야겠네요."

노형진은 고개를 끄덕거리면서 말했다.

"심각한 문제이기는 하지."

송정한의 말에 서승진 변호사 역시 고개를 끄덕거렸다.

"기본적인 인권 문제임에도 불구하고 솔직히 우리도 해결 방법을 찾지 못했지요."

"인권 변호사들에게도 이런 사건이 많이 오나 봅니다?"

"네, 많이 옵니다. 이런 단순 성추행이 아니라 인권 말살 행위예요. 그런데 올 때마다 방법이 없더군요."

송정한과 서승진 변호사는 약간은 특이한 사이다. 송정한은 대표 변호사로서 서승진 변호사에게 존대를 받지만, 서승진 변호사는 송정한 변호사의 대선배이자 인권 변호사계의 큰 어른인지라 송정한에게 존대받는다.

그에 비해 노형진은 직급으로도, 연륜으로도 아래라 반존대를 받는다.

"그래서 노 변호사는 어떻게 생각하나?"

"자네가 이런 걸 가지고 온 걸 보면 방법은 없는 건 아닌 것 같은데."

"일단 이건 법적으로 해결할 생각이 없습니다."

"법적으로 해결할 생각이 없어?"

"네, 이건 법적으로 해결하는 순간 의뢰인은 사회적으로 매장됩니다."

"그건 그렇지."

두 사람 다 이런 사건에 대해서 잘 알고 있었다. 의뢰인이 어떤 심정으로 신고를 결심하고 변호사를 샀는지 이해는 하지만 말이다.

"그럼 어쩌자는 건가? 우리는 변호사일세."

"우리는 변호사지요. 그렇다고 피해자의 고통을 모른 척하라는 건 말도 안 됩니다."

"후우."

법적으로 하자니 분명 피해자의 인생은 망가지고, 그렇다고 그냥 두자니 그것도 인생이 망가지는 것은 마찬가지다.

"그럼 어쩌자는 건가?"

"이런 문제는 분명히 한두 번이 아닐 겁니다."

"그렇지. 솔직히 말해서 이런 소리는 내가 변호사 노릇 하는 내내 들었네."

서승진 변호사는 질렸다는 표정으로 고개를 흔들었다.

"심지어 변호사들도 자기 직원을 성추행하기도 해. 변호사뿐만 아니라 검사나 판사 역시 그 짓을 하는 놈들이 많아."

"위계에 의한 성추행이나 강간 말씀이죠?"

"그러네. 그런데 이런 사건은 일반 성추행과 강간과는 상황이 너무 다르단 말이지."

위계에 의한 범죄란 사회적 위치가 높은 가해자가 피해자에게 겁을 줘서 피해를 입히는 것을 말한다.

문제는 이 위계에 의한 범죄가 법적으로는 처벌 대상이 맞지만 이걸 신고하면 가해자가 자신의 사회적 힘으로 보복하는 것에 대한 대비책이 전혀 없다는 것이다. 그렇다고 처벌이 강해진 것도 아니고 말이다.

도리어 이런 위계에 의한 범죄는 피해자도 어느 정도 동의했다고 가정해서 처벌이 약해진다.

'전형적인, 가진 자를 위한 법 해석이지.'

가장 확실한 것은 그렇게 위계에 의한 범죄를 저지르는 경우 가해자의 사회적인 힘 자체를 빼앗아 버리는 것이다. 만일 교수라면 교단에서 추방해야 하고, 고위 공무원이라면 해직해야 한다.

하지만 그렇게 되는 경우는 거의 없다. 도리어 별거 아닌 거 가지고 신고했다면서 피해자의 인생을 박살 내 버린다.

"장기적으로 봤을 때 이런 사건은 계속 일어날 테니 이참에 더 효율적인 방식으로 제압해야 합니다."

"효율적인 방식?"

"네, 저들이 사회적인 힘으로 피해자들을 억압하고 이득을 챙기니까 반대로 우리가 저들의 사회적인 힘을 잘라 낼 수 있는 방식을 찾아야지요."

"그게 가능하겠나?"

송정한은 고개를 흔들었다.

"노 변호사의 말이 이해는 가네. 하지만 말이야, 무슨 수로 말인가? 법적으로 그들을 자르라고 할 수도 없고 우리가 거기에 관련된 자들을 몽땅 쫓아다닐 수도 없는데 말이야."

"맞는 말이야. 솔직히 우리나라 인맥은 잘못되어도 한참 잘못되었어."

무언가 잘못된 것들. 그걸 조사하는 것은 쉬운 일이 아니다.

"왜 그런지 아십니까?"

"왜 그런데?"

"우리나라 국민들은 냄비 근성을 가지고 있거든요."

"냄비 근성?"

"네."

"그거야 유명한 말 아닌가?"

사람들은 이런 말을 하면 발끈할지도 모른다. 하지만 현실은 현실이고 인정할 건 인정해야 한다. 인정하지 못하면 인식도 못 하고, 인식을 못 하면 고치지도 못한다. 인정한다는 것은 잘못을 고치겠다는 첫 번째 과정인 것이다.

"이번 사건도 그렇습니다. 솔직히 이런 사건이 어디 이번한 번뿐입니까?"

"그건 그래."

벌써 수십 년째 벌어진 일이니 당연히 그 안에서는 수많은 사람들이 제보하고 고소하고 신고했다. 심한 경우 결혼한 지 3개월도 안 된 신부에게 잠자리를 요구한 경우도 있었다.

"그건 그렇지."

송정한도 그걸 안다는 듯 고개를 끄덕거렸다.

"그런데 고쳐진 적 있습니까? 애초에 고쳐지기나 합니까?"

"그럴 리 없지……."

우리나라의 인맥 문화는 심각하다. 대표적인 예가 의대에서 강간이나 성추행을 저질러도 미래가 창창하다는 식으로 처벌하지 않는 것이다. 그 뒤에는 엄청난 로비와 뇌물 그리고 인맥이 자리 잡고 있다.

"그걸 근본적으로 고칠 수 있는 방법을 찾아야 한다는 거지요."

"하지만 무슨 수로?"

"말 그대로 그들의 수족을 잘라 내야지요."

"수족을?"

"네."

"그게 가능하겠나?"

노형진의 말에 송정한은 고개를 흔들었다.

지금까지 그 많은 방법을 썼지만 성공한 적은 없다. 힘을 가진 녀석이 벌금만 조금 내고 끝나는 것이다.

"저도 그것 때문에 상당히 오랜 기간 고민했지요."

"고민? 자네가 왜? 자네는 이런 사건을 처음 담당하잖나?"

"뭐, 과거에 좀 있었죠."

노형진은 씁쓸하게 웃었다.

그럴 수밖에 없었다. 회귀 전 그가 담당했던 사건의 여자가 결국 자살했기 때문이다.

이기기는 했는데 결과적으로 그녀의 인생은 망가졌다.

심지어 가족조차 의사가 될 수 있었는데 그걸 못 참았느냐며 그녀를 타박했고, 동료들조차도 처녀도 아닌데 그거 한번 대 주는 게 대수냐며 비웃었다.

그리고 그녀가 고소함으로써 구원받은 다른 여자 동료들은 혹시나 그녀와 엮이면서 불이익을 받을까 봐 애써 그녀와 거리를 뒀다.

그래서 홀로 남은 노형진의 의뢰인이 분을 참지 못하고 자살하고 만 것이다.

'문제는 그런 일이 적지 않다는 거지.'

노형진은 이를 빠드득 갈았다.

좋은 일을 하면 대한민국에서는 철저하게 버려진다.

그는 그런 사람들이 그렇게 버려지는 것을 더 이상 그냥 둘 수 없었다.

"방법이 있기는 한데 조건이 좀 있습니다."

"조건?"

"네, 우리 새론에서 이 사건을 담당해서는 안 됩니다. 아직은요."

"뭐라고?"

"아니, 그게 무슨 말인가?"

새론에서 사건을 맡아서는 안 된다는 말에 두 사람은 깜짝 놀랐다.

"사건을 해결하기 위해서는 우리의 흔적을 아직은 드러내면 안 된다는 뜻입니다."

이것이 법이다

"아니, 어째서?"

"우리가 궁극적으로 추구하는 것은 사건의 해결이 아니라 똑같은 일이 벌어지지 않도록 하는 것이니까요."

"음……."

노형진의 말에 두 사람은 고개를 갸웃했다.

지금까지 단 한 번도 누구도 성공하지 못한 것이다. 그런데 그걸 해결하겠다니.

"그거야 그렇다고 치고 왜 우리가 전면에 나서면 안 되나?"

"우리 말고 전면에 나서야 하는 존재가 따로 필요하거든요. 공포의 대상이 있어야 하는데, 솔직히 새론이라는 법무 법인은 그다지 좋은 대상은 아닙니다."

"공포의 존재?"

전혀 뜬금없는 말에 그들은 고개를 갸웃했다.

"이거…… 이거…… 내가 한번 해 보고 싶군."

그렇게 고개를 갸웃하던 서승진은 갑자기 뭔가를 골똘히 생각하다가 입을 열었고, 그 말을 들은 송정한은 깜짝 놀랐다.

"서 변호사님께서요?"

"왜, 나는 하면 안 됩니까?"

"그건 아니지만…… 우리 새론의 시스템을 아시지 않습니까?"

만일 노형진이 나서면 노형진이 주 변호사가 되고 다른 사람은 부 변호사가 되어서 그가 노형진에게서 배우는 형태로 사건이 진행된다. 그런데 다른 사람도 아니고 서승진 변호사라니?

나이도, 타이틀도, 네임 밸류도 노형진과는 비교도 못 할 사람이 바로 서승진이다.

"하하, 나 그렇게 꽉 막힌 사람 아닙니다, 송 대표님. 이길 수 있고, 그래서 사람들에게 해결책을 제시해 줄 수 있다면 이 나이에 그 방법을 배우는 게 뭐가 부끄럽겠습니까? 부끄러움이란 배우지 않는 자들이나 하는 말입니다. 모르는 걸 부끄러워하는 게 아니라 배우지 않는 걸 부끄러워해야지요."

'역시……'

노형진은 그를 보면서 살짝 놀랐다. 서승진 변호사의 나이쯤 되면 배우는 걸 부끄러워한다. 그런데 그는 아직도 배워야 한다고 생각하고 있었던 것이다.

'변호사계에서 큰 어른이라는 게 그냥 말로 얻은 게 아니라니까.'

나이 많은 변호사들은 쌓이고 쌓였다. 변호사는 다른 직업과 다르게 개인 자격증인지라 그 나이 제한이 없으니까 나이를 일흔도 넘게 먹은 변호사도 어렵지 않게 찾을 수 있다.

하지만 그런 사람들은 '큰 어른'이라고 부르지 않는다. 서승진이 그들보다는 나이가 어리지만 그래도 여전히 깨어 있는 정신을 가지고 있기 때문에 '큰 어른'이라 불리는 것이다.

"좋습니다. 노 변호사, 그럼 어떻게 해야 하나?"

"음…… 일단은 그럼……."

노형진은 씩 웃으면서 방법을 말하기 시작했다.

"인터넷 언론이라고 아십니까?"

"인터넷 언론?"

"네."

"알지."

인터넷 언론은 기존 언론과 대비되는 새로운 매체이다.

기존의 언론에는 종이를 중심으로 하는 신문과 잡지류와 공중파를 중심으로 하는 방송 등이 있었다. 하지만 지난 대통령 당시에 인터넷 언론에 관한 새로운 법률이 생기면서 수많은 인터넷 언론사들이 생겼다.

"그리고 인터넷 언론 중에는 특이하게 진보 쪽 매체가 많지요."

"그렇지. 사실 그럴 수밖에 없지 않나?"

노형진의 말에 송정한은 고개를 끄덕거렸다.

인터넷 언론이 아닌 신문과 방송은 대규모가 자본이 들어가는 특성상, 대규모 자본을 가진 기업들과 친밀할 수밖에 없었다. 그들이 광고를 줘야 수익이 나기 때문이다.

반대로 거대 기업들은 언론사에서 나쁘게 말하면 이미지가 안 좋아지기 때문에 수익이 떨어진다. 좋게 말하면 공생 관계이고 나쁘게 말하면 서로 이용하는 관계인 셈이다.

그렇다 보니 기존 언론사들은 보수적인 경우가 많았고, 특히나 이런 인맥이나 사회적인 관계에 대해서는 잘 이야기하지 않았다.

"그래서 기자들에게 이야기해 보겠다는 건가? 뭐, 잠깐은 효과가 있겠지만 그다지 효과가 있을 것 같지는 않은데? 설마 우리라고 언론을 이용해 보지 않았겠나."

서승진 변호사는 노형진의 말에 고개를 흔들었다.

실제로도 몇 번이나 이런 뉴스가 언론에 나갔지만 바뀌는 것은 딱히 없었다. 마치 라면을 끓이는 냄비처럼 사회적 여론이 한번 들끓고 마는 것이다.

"그거야 다른 뉴스가 계속 나오니까요."

"그건 그러네."

"하지만 가끔은 지나간 뉴스도 새로운 뉴스거리가 됩니다."

"새로운 뉴스거리?"

"네."

"지나간 뉴스는 지나간 뉴스일 뿐일세."

"과연 그럴까요?"

노형진은 씩 웃었다.

"우리나라는 말입니다, 뒷북을 무척이나 싫어하지요. 다 지나간 걸 왜 끄집어내느냐는 식으로 말합니다. 하지만 현실적으로 그런 뒷북이 더 뉴스가 되는 경우가 많지요. 그리고 우리나라의 냄비 근성의 특성상 그런 뒷북이 더 효과적일 수도 있습니다."

"그러면 어쩔 생각인가?"

"글쎄요……. 일단은…… 언론사를 하나 만들어 볼까요?"

"언론사?"

노형진의 대담한 발언에 다들 질려 버리고 말았다.

⚖

"여기인가?"

"그렇습니다."

노형진은 허름한 건물에 붙어 있는 간판을 보고 씩 웃었다.

"이런 뉴스가 있었나?"

"있었지요."

딴따라일보. 우리나라의 언론사다.

사실 좋게 말해 줘서 언론사인 거고, 실질적으로는 인터넷 가십 잡지에 가깝다. 그것도 정치 쪽 가십 말이다.

"이곳은 기존 질서에 반합니다. 그래서 상당히 규모가 작죠."

"진보란 말인가?"

"진보요? 이 사람들은 진보가 아니에요."

"뭐라고? 그럼 보수인가?"

"보수도 아니죠."

서승진은 고개를 갸웃했다.

보통 언론은 진보와 보수로 나뉜다. 그런데 진보도, 보수도 아니라니?

"그럼 중도? 하지만 중도 언론사는 없는데?"

"중도라……. 중도라고도 보기가 어렵네요."

"뭐?"

노형진은 노트북으로 공식 홈페이지에 접속한 다음 그에게 보여 주었다.

서승진은 안경을 쓰고 그걸 한참 보더니 표정이 묘해졌다.

"진보도 아니고 보수도 아니고…… 중도도 아니네……."

"네…… 비유하자면 오늘만 사는 기자들이랄까요?"

"쩝……."

노형진은 딴따라일보를 좋아하는 편이다. 그들은 절대 누구를 편들지 않는다. 오로지 단 하나, 잘못된 걸 잘못되었다고 말할 뿐이다. 그 대상이 진보이든 보수든 중도든 상관하지 않는다.

"그래서 사방이 적이지요."

"그런 식이면…… 그렇겠지."

지금은 정권을 잡은 사람들이 보수니까 진보로 분류되지만, 진보가 정권을 잡았을 때는 보수로도 불렸다. 그들은 정권이나 사회가 잘못되었으면 무조건 깐다.

'그게 가장 기본적인 언론의 자세이지.'

우리나라 언론 중에 그런 곳이 드물다는 게 문제이지만.

"이곳을 이용해 볼까 합니다."

"지난번에 말했던 것처럼 말인가?"

"네."

노형진은 작전을 설명하면서 송정한과 서승진에게 한참 설명해야 했다. 도무지 그들이 이해하지 못했기 때문이다. 처음 있는 일이니 당연하다면 당연한 일.

"자, 그럼 들어가실까요? 미리 약속은 잡아 놨으니까요."

노형진은 서승진과 함께 안으로 들어갔다.

"노형진입니다. 오늘 약속을 잡았는데요."

"아, 이쪽으로 오세요."

입구에 있던 기자로 보이는 아가씨가 그들을 안쪽으로 데리고 들어갔다. 워낙 규모가 작다 보니 딱히 개인 책상을 가진 사람도 없었던 것이다.

"큭큭."

"왜 그러나?"

"저쪽을 보세요."

노형진이 가리킨 곳에 쓰인 문구를 보고 서승진은 표정이 묘해졌다.

정수기 위에 쓰인 커다란 문구, '물은 셀프'.

작년에 모 정치인을 비꼬기 위해서 퍼진 말이었다.

"재미있는 기업이군."

"그렇지요."

서승진은 약간 거부감을 느끼면서도 한편으로는 참 재미있다고 느꼈다.

보통 언론사라고 하면 딱딱하고 위계질서가 강하다. 그런데 이곳은 자유로우면서도 위트가 있었다.

기사 자체도 딱딱한 말을 반복하기보다는 일상에서 많이 사용되는 말로 쓴다.

도리어 B급 문화라서 잘 안 쓰는 말까지 거리낌 없이 쓰는 것이다.

"자, 들어가시죠. 기다리십니다."

"헐?"

안내받은 노형진과 서승진이 도착한 곳의 문에는 사장실도, 회장실도 아닌 '총수실'이라고 쓰여 있었다.

"뭔가, 이건?"

"기존 언론에 대한 비꼼이죠."

"좀 익숙하지는 않군."

"익숙해지셔야 할 겁니다. 이런 비꼼의 문화는 젊은 사람들에게 빨리 퍼지는 경향이 있거든요."

지금이야 이들이 힘이 없고 아무런 능력도 안 돼서 조용히 있다지만 얼마 후면 폭발적인 저력을 발휘한다.

'그리고 난 거기에 살짝 수저만 올리는 거지, 후후후.'

노형진의 계획은 바로 이것이었다.

이들은 아직 누구의 관심도 못 받는다. 하지만 이들이 폭발적으로 나가면 그와 관련된 모든 것들이 관심을 받는다.

"반갑습니다. 노형진입니다."

"반갑습니다. 안기부입니다."

"쿨럭."

서승진은 인사하려다가 말고 깜짝 놀라서 헛기침을 했다.

"아…… 쿨럭쿨럭…… 죄송합니다. 서승진 변호사입니다. 그런데 성함이……?"

"멋지죠? 원래 다른 이름이었는데 개명했습니다. 역사상 우리나라에서 가장 강력했던 곳 아닙니까, 안기부. 그렇게 강력한 힘을 가지고 싶어서요."

"그래 놓고 맨날 우리를 사찰하죠."

노형진 일행을 데리고 온 기자가 입구에서 깐죽거리자 자신은 안기부라고 소개한 남자는 그런 그녀에게 화를 냈다.

"야! 가서 일이나 해! 차나 한 잔 타 오든가!"

"어머, 총수님, 우리 그룹은 물은 셀프 아니에요?"

"물은 셀프지만 차는 셀프가 아니다. 총수가 물 뜨러 다니리?"

"차는 셀프가 아니지만 그 차를 끓일 때 쓰는 물은 셀프입니다."

"아오, 저걸 그냥! 내가 저걸 왜 뽑았지?"

"예쁘다고 뽑으셨습니다."

"자를까?"

"우와, 총수라고 막 나간다!"

"아오."

티격태격하는 그들을 보면서 서승진은 멍한 표정을 지었

지만, 노형진은 씩 미소를 지었다.

'재미있는 곳이야.'

지금까지의 세상의 규칙이 존재하지 않는 듯한 자유로움. 그곳이 바로 이곳 딴따라일보였다.

"죄송합니다. 물은 셀프라네요."

"뭐, 괜찮습니다."

결국 노형진이 물 두 잔을 가지고 와서 자리에 앉았다.

"그런데 어쩐 일로 오셨습니까?"

솔직히 안기부는 변호사가 왔다고 해도 좋은 기대는 안 한다. 자신들을 변호사가 찾아오는 것은 백이면 백, 명예훼손이니 어쩌니 하면서 겁주거나 고소하기 직전에 이야기하기 위한 게 다였기 때문이다.

"아, 별거 때문에 왔습니다."

"별게 아닌 게 아니라요?"

"별거니까 왔죠. 별거 아닌데 오겠습니까?"

"헐?"

노형진의 말장난에 안기부는 어이가 없었다.

'이 사람, 왠지 우리 쪽 사람인 것 같은데?'

누구의 눈치도 보지 않고 자신의 길을 사는 사람.

자신의 정의를 지키려고 하는 사람.

그런 사람의 느낌이 노형진에게서 느껴졌다. 그 덕분에 안기부은 친근한 낯을 했다.

이것이법이다

"뭐, 중요한 일로 오셨다면야 우리야 땡큐죠. 우리한테 불리한 것만 아니라면 말이죠."

"불리한 건 아닙니다."

"뭔지 알 수 있을까요?"

안기부가 묻자 노형진은 단도직입적으로 말하기로 했다.

"이곳의 타이틀이 필요합니다."

"명의 대여요? 우리는 명의 대여는 안 하는데요?"

"아닙니다. 우리가 말씀드리는 타이틀은 딴따라일보의 이름이 아니라 언론사라는 자격이죠."

"언론사라는 자격?"

"네."

"뭐, 우리가 언론사 자격을 가지고 있기는 합니다만."

사실 언론사는 어느 정도 자격만 맞춰서 신고하면 허가가 나온다. 그러니까 가지는 것은 어렵지 않다. 하지만 그만큼 널리 알리는 것은 어려운 일이다.

"그렇지요. 하지만 우리가 필요한 건 이곳의 B급 문화입니다."

"네?"

"우리가 추구하는 언론사는 좀 다르거든요."

"다르다구요?"

노형진의 말에 안기부는 관심을 보였다.

자신들이 제일 자신 있어 하는 것이 바로 다르다는 것이다. 물론 그래서 매일 월급도 못 주고 맨날 쫓겨 다니지만 말이다.

"네, 언론사를 만들고 싶은데……. 아니 아니, 언론사라기 보다는 한 가지 장기 프로젝트를 하고 싶은데 다른 곳들은 안 하거든요."

"장기 프로젝트요? 뭐, 좋네요, 단 하나만 빼고. 우리는 돈이 없어요."

장기 프로젝트를 하려면 돈이 필수다. 그런데 그들은 돈이 없다. 당장 안기부 본인만 하더라도 무려 2억에 가까운 빚을 지고 있다.

"압니다. 그래서 여기를 온 거죠. 돈과 상관없이 언론의자 유를 말할 곳을 찾아서요. 만일 돈에 따라서 좌지우지되는 곳을 찾았으면 대형 회사에 찾아가면 되지요."

"그래서 얼마 줄 건데요?"

아주 대놓고 말하는 안기부.

노형진은 그에게 손가락을 내밀었다.

"10억요. 그리고 사무실은 무상 제공. 어떻습니까?"

"그래요?"

그런데 의외로 안기부는 시큰둥한 얼굴이었다.

"마음에 안 드십니까?"

"뭐, 돈 준다는 사람은 많았거든요, 지켜진 적은 없었지만."

지금까지 돈을 가시고 그를 회유하려고 한 사람은 많았다. 물론 10억이라는 큰돈으로 하려고 한 사람은 없었지만 1억 정도는 말하는 사람이 제법 많았다.

하긴, 아무리 군소 언론사라고 하지만 자기 치부를 대놓고 까발리는 데 부담 없는 사람이 어디 있겠는가?

"하지만 우리는 그다지 돈에 끌려다니지는 않아서요."

"압니다. 하지만 우리는 뭔가를 감추려고 돈을 드리는 게 아닙니다. 그저 우리가 드리는 주제에 집중적으로 파고들어 달라는 거지요. 돈도 일시불로 할 겁니다. 사무실은 제가 가진 빌딩에 내 드리지요, 물론 공짜로."

피식 웃는 안기부였다. 딱 봐도 자기 정적을 없애려고 하는 사람처럼 보였기 때문이다.

"뭐, 정적을 파묻어 보려고 하는 것 같은데, 우리는 그런 일을 하는 곳이 아니거든요. 우리는 언론사지, 흥신소가 아니라서요."

그에게는 자신의 규칙이 있었다. 그리고 자신의 사람들이 B급 언론사라고 욕해도, 그리고 수준 낮은 사람이라 생각해도 그 규칙을 어긴 적이 없었다.

'그래서 내가 여기로 온 거지.'

만일 단순히 돈 때문에 노형진과 일하는 사람이라면, 돈이 떨어지거나 더 많은 돈을 준다고 했을 경우 뒤통수를 칠 것이다.

'하지만 이들은 자기 신념에 부합한다면 절대 뒤통수를 치지 않는 사람들이지.'

그리고 현재로써는 자신의 신념이 이들과 같다.

"정적을 파묻으려고 하는 게 아닙니다. 좀 바른 언론사를 만들고 싶어서요."

"바른 언론사?"

"네."

"한번 들어 보지요."

지금까지 돈이나 혜택에 관심이 없던 안기부는 노형진이 바른 언론사를 만들고 싶다고 말하자 드디어 관심을 보였다.

노형진은 그런 그를 위해서 차근차근 설명했다.

"그거 꼼수 아닙니까?"

마지막 말을 다 들은 안기부는 꼼수라는 말로 노형진의 작전을 요약했다.

"꼼수죠."

"아니, 이 사람들이 진짜 나를 뭐로 보고 그런 꼼수를 쓰자고 이야기하는 겁니까? 그딴 거 진짜 마음에 듭니다. 존나 내 취향."

그러면서 킥킥거리기 시작하는 안기부.

"아니, 변호사라면서 왜 그렇게 꼼수에 능해요?"

"진짜 능력 있는 변호사는 꼼수에 능합니다."

"헤에."

안기부는 흡족한 얼굴이 되었다.

"하긴, 그런 문제는 해결하는 게 쉬운 건 아니죠."

"네, 법적으로는 솔직히 힘들죠."

"하지만 언론의 힘으로 가능하다라……."

"물론 이렇게 언론이 힘을 쓰는 거 싫어하는 거 압니다. 하지만 어차피 다른 녀석들도 하잖습니까?"

안기부는 고개를 끄덕거렸다.

다른 언론사들도 자신들의 힘을 자랑하면서 선량한 사람들을 찍어 누르는 데에 쓴다. 그리고 자신들도 그 힘이 없어서 못 쓴 게 아니다.

"우리도 그러면 똑같은 사람이 된다고 하는 사람들 있죠? 전 그런 사람들에게 병신이라고 말해 주고 싶네요. 똑같이 해서 그들을 밀어낸 다음에 자신의 이상대로 해야지, 자기만 법 지킨다고 누가 알아줍니까? 정작 그 법은 적들이 만든 건데."

안기부는 큭큭거리면서 웃었다.

"당신, 완전 내 취향인데."

"어어…… 저 남자는 싫은데요."

"나도 남자 싫어요. 하여간 그거 한번 해 봅시다."

"감사합니다."

노형진은 미소를 지었고, 안기부는 그런 그에게 손을 내밀었다.

노형진은 그 손을 꽉 잡았다. 그러나…….

"아니, 악수 말고 돈 좀 주세요. 어차피 줄 거, 일찍 주면 나야 땡큐죠. 일시불이라고 했지요?"

"네? 아, 네⋯⋯."

그러자 바로 바깥으로 튀어나가서 소리를 지르는 안기부.

"어이! 기자들! 오늘 총수님이 쏜다! 오늘은 한우다!"

기자들은 난리가 났다.

"우와! 드디어 우리 총수님이 미쳤다!"

"내일부터 다른 직장 알아봐야 하나?"

"이것들이!"

그렇게 왁자지껄한 모습을 보면서 서승진은 어리둥절할 수밖에 없었다.

"이게⋯⋯ 정상인가?"

"네?"

"아니, 사람이 좀 가벼워 보여서⋯⋯."

아무래도 서승진은 변호사라 진중하고 무거운 문화에 익숙하니 이런 게 어색할 수밖에 없었다.

"정상입니다. 솔직히 우리 변호사들이 좀 진중하고 무거운 걸 추구한다고 그게 다는 아닙니다. 소위 B급 문화라고 하지만 이런 문화가 평범한 사람들에게는 더 잘 먹히지요. 쉽거든요."

"그런가?"

"네."

노형진은 그런 면을 확실히 느끼고 있었다.

"변호사들의 세계가 진중하고 진지하며 무겁지만 그것만

으로는 사람을 이해할 수 없습니다. 그들을 이해하기 위해서는 그들의 문화도 알아야지요."

그리고 노형진이 노리는 것이 바로 그것이었다.

"아마 조만간 여러 사람들 등골이 쭈뼛해질 겁니다, 후후후후."

최강의 방패 VS 최강의 창

　김영환 교수는 요즘 부쩍 이상한 느낌을 받고 있었다.

　"뭐지?"

　누군가 자신을 바라본다고 느끼는 것이다.

　물론 그가 정교수이고 언론에도 많이 나가다 보니 누군가 알아보는 것은 흔한 일이었다. 하지만 누군가 자신을 알아보는 것과 누군가 자신을 감시하는 것은 전혀 다르다.

　"이상해……."

　그는 주변을 둘러보면서 고개를 갸웃했다. 하지만 여전히 보이는 것은 없었다.

　"도대체 왜……?"

　며칠 전부터 느껴지는 이상한 시선. 그는 몸을 일으켜서 회의실로 향했다.

"아이구, 반갑습니다. 다들 잘 지내셨나요?"

김영환은 반갑게 인사하면서 손을 번쩍 들었다.

"응?"

그런데 사람들의 반응이 이상했다. 그들은 뭔가 이야기하는 듯하더니 김영환이 들어오자 깜짝 놀라며 시선을 돌렸기 때문이다.

"으응…… 김 교수 왔는감?"

'왜 그러지?'

그는 고개를 갸웃했다.

"왜 그러십니까?"

"아닐세. 자, 그럼 회의 시작하지."

동료 교수는 마치 아무렇지도 않은 듯 회의를 시작했다. 김영환은 찝찝한 마음으로 그 회의에 참석할 수밖에 없었다.

⚖

"어떻습니까?"

"확실히 그러네."

회의가 끝나고 나오는 사람들.

그들은 서로 저녁을 먹으러 가자면서 분분히 흩어지고 있었다.

그런데 이상하게 김영환 교수만 홀로 나오고 있었다.

김영환 교수는 뭔가 이상하다는 느낌은 받은 모양이지만 대수롭지 않게 생각하고 있는 듯했다.

'하지만 대수로운 게 아니지, 흐흐흐.'

노형진은 김영환 교수를 보면서 미소를 지었다.

"순식간에 나가떨어지는군."

"인간이란 뻔하거든요."

인간이란 자신이 손해 보는 것을 무척이나 싫어한다. 하지만 남 때문에 자신이 손해 보는 것은 더 싫어한다.

"그리고 인간은 끼리끼리 뭉치는 법입니다."

"그렇지."

서승진은 놀랍다는 듯 탄성을 지르면서 대답했다.

자신이 다 아는 것들이다. 아니, 전 세계의 누구나 다 아는 것들이다. 하지만 그걸 이렇게 이용할 줄은 몰랐다. 심지어 그건 상당히 효율적인 방법이었다.

"사건이 벌어졌을 때 그들이 서로의 편을 들어 주는 건 당연한 겁니다. 똑같은 녀석들이니까요."

"그렇지"

그들의 목적은 간단하다. 자신들이 나가떨어졌을 때 다른 사람들의 보호를 받고 싶어 하는 것이다.

그래서 그들은 서로를 보호한다. 그를 보호해야 자신은 손해 보는 게 없고 만일의 사태에 보호받을 수 있다고 생각하니까.

"하지만 자신도 피해를 입는다는 생각이 든다면 과연 그럴까요?"

"그럴 리 없지."

그걸 위해서 노형진은 언론이라는 이름을 이용한 것이다.

언론이 김영환을 포착하고 취재하고 있다는 사실이 알려지면 사람들은 뭐라고 할까? 그를 지키려고 할까?

'아니지. 증거가 확실한 상황에서는 도리어 선을 그으려고 하겠지.'

왜냐하면 끼리끼리 뭉치는 법인데 괜히 그런 상황에서 김영환을 보호해 주면 자신에게까지 불똥이 튈 가능성이 높아지기 때문이다.

"언론에서 김영환을 취재하고 있다는 걸 안 이상 다른 사람들은 알게 모르게 김영환과 거리를 두려고 할 겁니다."

"같이 죽기는 싫으니까?"

"네, 이미 닥친 걸 함께 해결하는 것은 자기들에게 손해가 없지만, 닥칠 예정인 것을 막는 데에 함께하는 건 잘못하면 자기도 휘말리기 쉽거든요."

"좋은 생각이긴 하네. 하지만 과연 이걸로 막을 수 있을까?"

"아니요. 이걸로는 막을 수 없지요."

저들의 방패인 인맥은 아주 오랫동안 공고하게 저들을 보호해 왔다. 그런 만큼 그 방패를 뚫기 위해서는 최강의 창이 필요하다.

"지금이야 혹시나 불똥이 튈까 봐 조심하는 수준이지만 진짜 사건이 터지면 자기들끼리 뭉칠 겁니다. 저들도 이런 사건이 없는 게 아닐 테니까요."

"그럼 어쩔 생각인가? 저 사람들이 못 뭉치게 하려고 협박이라도 할 건가?"

"협박요?"

노형진은 피식 웃었다.

"원래 자기 말을 하는 걸 가장 효율적으로 막는 게 뭐 같습니까?"

"음…… 명예훼손?"

서승진 변호사는 가장 흔하게 사용되는 방법을 생각했다.

말을 막고 싶으면 한국에서는 명예훼손을 많이 쓴다. 명예훼손은 진실을 말해도 처벌하기 때문이다.

"아니요. 자기 검열을 하게 만드는 겁니다."

"자기 검열?"

"네, 애초에 명예훼손 자체도 그 사람을 처벌해서 입을 다물게 하려고 하는 게 아닙니다. 특히 정치인들이나 사업가들이 명예훼손을 하는 이유는요."

"그럼?"

"바로 자기 검열의 함정에 빠지게 만들기 위해서지요."

노형진은 무심하게 자기 차로 돌아가는 김영환을 바라보

았다.

"김영환은 이미 함정에 걸려들었습니다."

"뭐라고요?"

김영환은 한밤중에 자신의 전화에 걸려 온 전화를 받고는 부들부들 떨었다.

"그게 사실입니까?"

―그러네. 언론에서 자네를 취재하고 있더군. 결코 좋은 목적은 아닌 것 같아.

"좋은 목적이 아니라면……."

―자네가 알 거 아닌가?

'젠장…… 그런 게 한두 개야?'

그는 머릿속이 복잡해졌다. 언론에서 자신을 관심을 가지면서 들쑤시고 있다는 것은 전혀 몰랐기 때문이다. 그리고 그게 노형진의 함정이었다.

어차피 이런 취재에 대한 이야기는 그의 귀에 들어갈 수밖에 없다. 그러니 몰래 취재하는 것은 불가능하다. 그렇다면 그걸 이용해서 함정에 빠뜨리는 것이 훨씬 낫다.

'연구비를 횡령한 것 때문에 그런가? 아니면 애들 월급을 반납시킨 거? 아니면…… 성추행 때문인가……? 아오, 씨발…….'

무엇 때문에 언론이 자신에게 관심을 가지는지 알 수가 없었다. 더군다나 자신도 모르게 취재한다는 것은 결코 자신에게 유리한 것은 못 된다는 뜻이다. 취재 기사가 무슨 서프라이즈 생일 이벤트도 아닌 데다 좋은 의도라면 몰래 취재할 리 없지 않은가?

"도대체 어디랍니까?"

—딴따라일보라는데?

"딴따라일보요?"

—그래, 인터넷 신문사일세.

"인터넷 신문사."

고민하던 그는 순간 기가 막혔다. 거대 신문사인 줄 알고 잔뜩 겁을 집어먹었는데 고작 인터넷 신문사라니.

"그 새끼들이 무슨 힘이 있다고 그렇게 조심합니까?"

—요즘 인터넷이라는 게 위험해서 말이지.

딴따라일보가 작은 인터넷 신문사인 것은 맞다. 하지만 그렇다고 해서 무시할 수는 없다.

—자네도 알지 않나, 요즘 기사 퍼 나르기가 심한 거.

"음……."

인터넷 신문이 많아지면서 생긴 문화 중 하나가 바로 기사 퍼 나르기다. 인터넷 신문사 중 작은 곳이 많은데, 그들은 지면을 채울 만큼 충분한 뉴스를 만들어 내지 못한다. 그렇다면 그 지면을 채우는 다른 방법이 무엇이냐?

바로 다른 신문사의 뉴스를 조금만 바꿔서 자신들이 쓰는 것이다.

─그게 생각보다 많단 말이지.

"끄응……."

딴따라일보에서 이걸 맨 처음 내보내면 분명 다른 곳에서 이걸 퍼 나르기를 할 것이다. 그럼 처음에는 작은 곳 한 군데지만 곧 작은 곳 수십 군데가 되고, 그 후에는 이슈가 되어 대형 신문사나 공중파에까지 나가는 것이다.

'젠장…….'

그리고 자신은 그런 가십거리가 되기 쉬운 자리에 있다. 정치적인 거야 정치권에서 알아서 막거나 언론사에서 조심한다지만 자신은 그런 것도 아니다.

─하여간 취재한다고 주변을 들쑤시고 다녀서 교수들이 곤란해하고 있네.

'그럼 그때…….'

김영환은 얼마 전 회의에서 자신을 보고 묘하게 피하는 교수들이 생각났다. 사실 그것 말고도 이상한 건 많았다. 요즘 들어 교수들이 거리를 둔다 싶었더니.

"아니, 이걸 그냥 두실 겁니까?"

김영환은 다급했다. 아무리 작은 곳이라고 하지만 언론사라는 곳이 자신을 건드리는 것이 그다지 마음에 들지는 않았다.

─그럼 어쩌자는 건가?

"한 소리 해야지요."

─아직 뭐에 대해서 조사하는지도 모르지 않나?

"그러니까 막아야지요. 우리 치부를 드러내서 뭐가 좋겠습니까?"

─우리 치부?

상대방은 그 말을 듣고는 불편한 기색이 역력했다. 그럴 수밖에 없는 게 지금 언론에서 취재하고자 하는 것은 김영환 혼자다. 그런데 우리 치부라니.

그 말대로라면 거기에 내포된 뜻은 하나뿐이다. 만일 지켜주지 않으면 다 까발리겠다는 것.

"좋은 게 좋은 거 아닙니까? 우리가 서로 도와줘야 힘들 때 힘이 되지요."

지금까지처럼 말이다. 그래야 다른 사람들이 자신들의 범죄를 모르는 상태를 유지하여 자신들이 지금의 권력과 기득권을 꽉 쥐고 있을 수 있다.

"서로 돕고 사는 겁니다, 학장님.

상대방은 심각하게 고민하는 듯 한참 침묵을 지켰다.

그렇게 얼마나 지났을까?

─일단은…… 내일 회의해 보세. 일단은 학교의 명예가 달려 있는 것이니까.

김영환의 얼굴이 환해졌다.

회의해 보자는 것. 그건 자신에 대한 징계 회의가 아니다.

그리고 학교의 명예를 지키자는 것은 어떻게 이번 사건을 덮을 것인가에 대해 이야기하자는 뜻이다. 지금까지처럼 말이다.

"그러면 내일 뵙겠습니다."

─그러지.

전화를 끊으면서 김영환은 이를 빠드득 갈았다.

'이 개자식들이 내가 누군지 알고 날 취재해? 어디 주요 일간지도 아닌 개미 눈곱만 한 자식들이 싸움을 걸어? 어디 한번 죽어 봐라.'

김영환의 눈에서는 분노가 불타고 있었다.

안기부는 자신을 찾아온 사람들을 보고 시큰둥하게 말했다.

"그래서요?"

"명확한 증거도 없이 취재하는 경우가 어디 있습니까?"

피식 웃는 안기부.

"명확한 증거가 없으니까 취재하죠. 명확한 증거가 있으면 취재가 아니라 고발을 하겠죠."

학장이라는 말에 그는 마치 올 걸 알고 있었다는 듯 이야기했다. 그쪽에서 찾아올 거라고 노형진에게 미리 얘기를 들은 것도 있지만, 작은 언론사다 보니 취재한다고 하면 대번에 찾아와서 압력을 넣는 것은 흔하게 벌어지는 일 중 하나였기 때문이다.

"이봐요. 이렇게 해서 서로에게 좋을 게 별로 없습니다. 보아하니 그다지 크지도 않은 조그만 언론사인 것 같은데."

학장은 점잖게 이야기했다.

서로 좋을 게 없다. 그런 식으로 말하면 물러나는 게 보통이었기 때문이다.

하지만 자신이 상대방에 대해 오판하고 있다는 것을, 그는 몰랐다.

"적당히 물러납시다, 우리 말고도 일도 많으신 분이."

"이거 말고도 일이 참 많지요. 그래서 슬픈 것 같아요. 이놈의 나라는 캐도 캐도 끝이 없어요, 끝이."

"그러니까 더 큰 걸 해야지, 뭐 사소한 걸로 싸워서야 되겠습니까?"

"글쎄요……. 우리 회사가 보다시피 뭐같이 작아서 큰 건은 무리고, 우리 수준에 맞는 뭐같이 작은 사건이나 캐야지요."

"허."

학장은 기가 막혔다.

안기부의 말은 쉽게 말해서 이거다. 우리가 너무 규모가 작아서 큰 건은 건들기 힘드니 뭐같이 작은 사건을 캐야 하는데, 그게 너희들이라는 것이다.

'뭐, 이딴 새끼가 다 있어?'

보통 이런 사건은 자신이 가서 적당한 돈을 찔러주면 알아서 무마해 주거나 중간에서 잘라 준다. 그렇기 때문에 지금까지 편하게 살 수 있었다. 그런데 안기부는 딱 봐도 그럴 생각이 없어 보였다.

"그래도 그룹의 총수인데 어떻게 제가 아랫사람들의 취재를 자르겠습니까?"

"총수?"

"네, 딴따라그룹의 총수이지요."

"그게 말이 됩니까?"

"그룹이라는 게 뭡니까? 그냥 이것저것 하면 되는 거 아닌가요? 이래 보여도 우리 집에 작은 구멍가게도 하는 재벌가입니다. 거기에다 제 동생이 배추 장사도 하거든요. 우리 집 재벌가예요. 문어발식 재벌가."

'뭐, 이딴 새끼가 다 있어?'

김영환은 듣고 있다가 발끈했다. 보자 보자 하니 점점 더 어이가 없었기 때문이다.

보아하니 안기부는 누가 봐도 반골 기질이 넘치는 놈이 틀림없었다. 이름이 안기부라니 누가 봐도 이상한 이름이 아닌가? 더군다나 직접 개명한 거란다.

"야, 이 새끼야!"

결국 김영환은 발끈했다.

"어디서 품격도 모르는 개뼈다귀가 굴러들어 와서 협잡질

이야! 협잡질이!"

"개뼈다귀?"

발끈하는 김영환을 보면서 안기부는 시큰둥하게 말했다.

"협잡질이 아니라 취재질인데요?"

"이런 개 같은 새끼를 봤나. 너 말이야, 내가 누군지 알아? 이름이 안기부? 장난해, 이 새끼야? 내가 안기부에 친구가 몇 명이나 있는지 알아? 너 같은 건 쥐도 새도 모르게 없앨 수 있어!"

안기부는 피식 웃었다. 이런 협박이야 너무 많이 들어서 이제는 지루할 정도였다. 더군다나 김영환의 말에는 한 가지 언어도단이 있었다.

"교수님."

"왜!"

"안기부가 없어진 지가 언제인데 안기부 찾습니까? 친구 분들이 연세가 좀 되시나 봅니다."

"뭐라고?"

끝까지 지지 않고 깐죽거리는 그를 보면서 김영환은 결국 터지고 말았다.

"이 새끼가 증말!"

안기부의 얼굴로 쏟아지는 차가운 커피.

하지만 안기부는 마치 익숙한 듯 옆에 있던 휴지로 얼굴과 몸에 쏟아진 커피를 닦았다.

"제가 이래서 겨울에도 아이스커피를 달라고 한다니까요. 이건 뭐, 한두 번도 아니고. 세탁비는 어디다 청구할까요?"

"이 새끼가 증말! 야, 이 새끼야! 취재해 봐! 취재? 그래, 해 봐, 이 새끼들아! 우리가 입 다물면 어쩔 건데? 좆도 없는 새끼들이 말이야!"

"어허! 김 교수, 품격 없게시리."

"아…… 죄송합니다, 학장님."

"죄송합니다. 우리 김 교수가 흥분한 것 같으니 다음에 오지요."

학장은 김영환을 데리고 나갔다.

미안하다는 말도, 언제 오겠다는 말도 하지 않았다.

네가 아무리 취재해 봤자 소용이 없을 거라는 그 표정.

"더럽게 고상한 척하네."

사람들은 안기부를 보고 저급하네 반골이네 욕하지만, 사실 그는 그렇게 생각하지 않았다.

힘없는 사람들의 문화는 B급이고 힘 있는 자들의 문화는 A급이라는 말 자체가 웃긴 거다. 역사적으로 힘없는 쪽이 언제나 다수였다.

즉, 숫자가 더 많은 사람들이 주류인 거지, 힘이 있다고 주류인 건 아닌 것이다.

"쯧쯧, 그러니까 적당히 좀 도발하죠."

안으로 들어온 기자 한 명이 혀를 끌끌 차면서 고개를 흔들었다.

"내가 왜?"

전에 돈이 없을 때도 저런 녀석들한테 고개를 안 숙였는데 이제는 노형진이 준 10억이 있다.

물론 그것도 많은 건 아니지만 그래도 자신의 꿈인 이 언론사를 유지하는 데에는 충분한 돈이다.

"어차피 저쪽은 협상의 여지가 없어. 안 그래?"

"그거야 그렇지요."

저들이 요구하는 것은 단 하나, 바로 자신들이 취재를 하지 않는 것.

하지만 언론사들이 그런 협박을 받을 때마다 취재하지 않으면 신문은 언제나 백지로 발간되었을 것이다. 아니면 과거 벽돌 신문들처럼 좋은 이야기로만 가득하든가 말이다.

벽돌 신문이란 과거 국가에서 신문을 검열할 때 쓰던 말이다. 국가에서 갑자기 특정 뉴스를 빼라고 하면 그 부분을 따로 채울 수가 없어서 그 부분만 시커먼 색으로 나가고는 했는데, 그 부분이 마치 벽돌을 쌓아 올린 것 같다고 해서 그렇게 불리게 되었다.

"뭐, 이건 미끼라고 하기는 그렇지만……."

안기부는 그들이 나가고 나자 전화기를 들었다. 노형진의 부탁을 실행할 때였다.

"어, 노 변호사님? 저, 안기부입니다. 네. 노 변호사님 말씀대로 왔다 갔는데요."

그렇게 김영환은 자신도 모르게 수렁으로 빠져들고 있었다.

⚖

"친애하는 언론인 여러분."

노형진은 눈앞에 있는 사람들을 보면서 진지하게 입을 열었다.

"우리나라에 인터넷 언론이라는 것이 시작된 지 얼마 되지 않았습니다. 해외에서는 인터넷이 종이 신문을 밀어내는 것과는 대조적인 현상이지요."

"음……."

실제로 세계 유수의 언론사들 중 상당수가 종이 신문을 포기하고 인터넷판으로 넘어가는 추세였다.

'스마트폰이 퍼지면 퍼질수록 인터넷 언론사들의 파워는 점점 강해질 거야.'

아직 한국에는 스마트폰보다는 피쳐 폰이라고 불리는 것이 더 많은 상황. 스마트폰은 성장하는 시장이다.

"문제는 대다수의 인터넷 언론사들이 규모가 작다는 것이 문제입니다. 거대한 규모를 가지고 있고 그 힘을 이용하는 거대 신문사들과는 전혀 다른 상황이지요. 그리고 여러분들도 아시겠지만 한 가지 문제가 있습니다."

노형진은 몸을 돌려서 자리를 피했다. 그러자 노형진의 등 뒤에 있던 하얀 스크린 위로 어떤 동영상이 나오기 시작했다.

－어디서 품격도 모르는 개뼈다귀가 굴러들어 와서 협잡질이야! 협잡질이!

거기에는 신문사에서 행패를 부리는 김영환의 모습이 그대로 드러나고 있었다. 그걸 본 언론사 사람들은 자신도 모르게 얼굴을 찡그렸다.

"어때요? 데자뷔 같지요?"

노형진은 영상이 끝나자 빙긋 웃으면서 그들을 바라보았다.

"하아, 데자뷔라……. 틀린 말은 아닌 것 같은데."

럭키뉴스의 편집장은 한숨을 쉬었다.

"맞습니다. 데자뷔까지는 아니지만 그래도 뭐…… 흔한 모습이기는 하네요."

원데이뉴스의 편집장도 한숨만 나오는 듯 고개를 흔들었다. 이들이 이러는 것은 저런 장면이 너무 흔하게 벌어지고 있기 때문이다.

노형진은 그런 그들을 보면서 천천히 입을 열었다.

"과연 저런 사람들이 거대 언론사에 가서 저럴까요?"

그럴 리 없다. 그럴 수가 없으니까.

"그러면 왜 인터넷 언론사에는 왜 저런 모습을 보일까요?"

"그거야 우리가 만만해서 그런 거 아니겠습니까?"

작은 언론사다 보니 아무래도 만만해 보이는 것이다.

"왜 언론사가 작은 언론사일까요?"

"무슨 말을 하고 싶은 겁니까?"

"큰 언론사와 작은 언론사의 차이가 뭡니까?"

"독자층이겠지요. 거대 언론사는 고정 독자층이 몇백만입니다. 그에 비해서 우리는 얼마나 되겠어요?"

어깨를 으쓱하는 사람들.

이들이 깨어 있는 사람들이라 먼저 인터넷 언론사를 만들었다고 하지만, 그렇다고 해서 모든 것을 다 알 수는 없다. 알기에는 한계가 있으니까.

"그러면 우리는 독자가 몇 명일까요?"

"기껏해야 몇만?"

"몇천이 될 수도 있고."

노형진은 고개를 끄덕거렸다.

"맞습니다. 작은 언론사는 독자가 적지요. 그래서 여러분들은 매일같이 이렇게 협박당하고 무시당합니다."

"그렇지요."

"그런데 왜 기사는 퍼 나르기 하면서 공동 대응은 생각도 하지 않는 겁니까?"

사람들의 얼굴은 붉어지기 시작했다.

확실히 부족한 취재량을 채우기 위해서 기사의 퍼 나르기는 암묵적으로 인정하고 있는 것이 바로 인터넷 언론사의 한계였다. 그런데 공동 대응이라니?

"그러니까 지금 하나로 합쳐서 언론사를 세우라는 겁니까? 그러면 돈이 얼마나 드는지 아세요?"

"아니요. 그러면 안 됩니다. 그러라는 것도 아니구요."

이들이 합쳐 봐야 결국은 찢어지게 되어 있다. 작은 언론사라는 것은 대표가 그만큼 많아진다는 뜻인데, 언론의 특성상 자기들과 다른 의견을 가진 사람들과 일하는 것이 쉽지 않기 때문이다.

"그럼 무슨 소리입니까?"

"적의 적은 친구라는 말이 있지요."

"적의 적은 친구?"

"네, 지금 저들은 취재하는 사항에 대해서 협박하고 그걸 취소시키려고 했습니다. 과연 저게 정상적인 행동일까요? 명백하게 헌법에서 보장하는 언론의자유의 침해입니다. 그럼에도 불구하고 저들이 당당할 수 있는 건 왜일까요?"

"그거야……."

사람들을 그제야 노형진이 왜 그들을 불러 모았는지 알아차렸다. 저들은 명백하게 딴따라일보를 협박했다.

"그런데 그렇게 딴따라일보가 무너지면 어떻게 될까요?"

"음……."

"언론은 당연히 다름은 인정해야 합니다. 보수라고 진보 언론을 무시해도 안 되고, 진보라고 보수 언론을 욕하기만 해서도 안 됩니다. 하지만 보수든 진보든 중요한 것은 바로 언론의자유입니다. 만약 저들의 협박에 딴따라일보가 무너진다면, 그다음에는 다른 언론사가 똑같은 짓을 당하지 않을까요?"

"……."

안 당할 리 없다.

"결과적으로 그렇게 인터넷 언론이 대부분 무너질 겁니다. 살아남는 것은 거대 언론과 함께 일하거나 그들의 논조를 퍼 나르는 곳뿐이겠지요."

"……."

"언론사마다 추구하는 가치는 다릅니다. 이곳에 모인 곳 중에는 진보도, 보수도, 중도도 있습니다."

그러면서 노형진은 고개를 돌려 구석에서 히죽거리면서 웃고 있는 안기부를 바라보았다.

'저쪽은…… 음…… 그냥 반골인가?'

하여간 중요한 것은 그게 아니었다. 중요한 것은 이들에게는 지켜야 하는 자신들만의 가치가 있다는 것이다.

현재의 인터넷 언론사들은 돈을 보고 하는 사업이 아니다. 아직 수익 구조가 없어서 엄청나게 돈이 깨지는 사업인 것이다.

"하지만 그렇다고 해서 그들의 가치를 돈이 있고 힘이 있는 자들이 찍어 눌러도 된다는 것은 아니죠."

"그 말씀은, 이런 사건에 대해서는 서로 연합해서 대응해야 한다는 것입니까?"

"그렇습니다."

노형진의 목적은 단순했다. 이들이 한꺼번에 김영환을 비롯한 자들을 때려잡는 것.

"그들을 취재하면 당연히 압력이 들어옵니다. 그게 현재의 실정이죠. 하지만 한 개 기업의 독자가 수만밖에 되지 않는다 해도 다 합하면 수십만에서 수백만입니다. 그리고 인터넷이 발달하고 스마트폰이 늘어날수록 수백만에서 수천만이 될 수도 있죠."

"설마……."

"장담합니다. 미래에는 인터넷 신문이 종이 신문을 압도할 것입니다. 그러니 그때를 대비해서 서로가 연합하는 방법을 만들어야 합니다."

"연합이라……."

"지금은 언론사들은 제각각 취재합니다. 그리고 그 취재한 것을 한쪽에서 올리면 암묵적으로 공유하지요."

다들 고개를 끄덕거렸다. 규모가 작은 언론사들의 한계였다.

'그리고 회귀 전에도 결국 해결하지 못한 것이지.'

하지만 노형진은 좀 더 다르게 생각했다.

"하지만 그걸 좀 다르게 생각해 보면 어떨까요?"

"다르게?"

"전문적인 취재 라인을 만드는 겁니다."

"전문적인 취재 라인?"

"네, 작은 언론사가 모든 기사는 커버할 수가 없습니다. 문제는 서로 어떤 소통도 없기 때문에 똑같은 사건에 몰려가는 성향이 강하다는 거지요."

"음⋯⋯."

작은 신문사일수록 이슈를 탄다. 그러니 작은 이슈에 몰려간다.

"그러고 나서 서로 그걸 마구 퍼 가는 거죠."

"⋯⋯."

결국 각 기사들은 똑같고 차별성이 없는 그저 그런 기사들의 도배인 경우가 대부분이었다.

"사실 그러다 보니 차별성이 없죠."

"⋯⋯."

인터넷 신문사의 한계. 자신들이 취재한 것이나 남이 취재한 걸 퍼 온 것이나 똑같은 상황.

"그러니 일종의 연합 기자 팀을 만들자는 거죠."

"흠⋯⋯."

그 말을 들은 사람들은 심각한 고민에 빠졌다. 그렇게 하면 인터넷 신문사들의 가장 큰 문제인 질적인 하락의 문제를 상당 부분 해결할 수 있게 된다.

'그리고 지금은 인터넷 신문사로 오는 사람들이 상당히 자

부심을 가지고 있단 말이지.'

기존에 있던 신문사들도 자부심을 가지고 있기는 하지만, 신문사의 논조에 따라서 지면에 올릴 수 있는 기사와 올릴 수 없는 기사가 있다. 더군다나 자신들과 성향이 맞지 않으면 신문기자로 뽑지 않는 것도 있다. 그래서 기자가 되고자 하는 많은 사람들이 이쪽으로 오고 있는 상황.

"좋은 생각이군요. 어차피 장기 취재 프로젝트를 하려고 하는 기자들은 한 명씩은 있으니까요."

"그건 그렇지요."

한두 명씩 다들 생각나는 사람이 있는지 고개를 끄덕거렸다.

"좋습니다. 그러면 연합은 하는 걸로 하고 자세한 건 우리가 알아서 하지요."

"상관없습니다."

그들은 이야기가 나오자마자 바로 노형진을 배제하려고 했다. 노형진이 필요 이상으로 언론에 끼어드는 게 싫었던 것이다.

물론 노형진도 그럴 생각이 없었다. 다만 저들을 이용해야 할 필요만 있을 뿐이다.

"그리고 그런 연합을 위해서는 외부의 적에게 제대로 맞서야지요."

"외부의 적? 아! 아까 그 협박하던 놈들 같은 녀석들요?"

"네."

"흠……."

다들 잠시 고민했다. 하지만 사실 그들의 마음속에서는 이미 결정이 나 있었다.

"하긴, 우리가 뭉쳐서 힘을 한번 보여 줄 필요는 있습니다."

럭키뉴스의 편집장은 결심한 듯 고개를 끄덕거렸다.

"막말로 우리가 힘이 없다고 해서 찍어 누르는 녀석들이 한두 명입니까?"

"그렇기는 한데……."

"결국 한꺼번에 움직이면 그들도 어쩔 수 없을 겁니다."

"그렇지요?"

다들 그렇게 힘이 있다고 찍어 누르는 것에 대해서 질릴 대로 질려 버린 상황이었다.

"여러분들이 뭉치면 누구도 무시하지 못할 겁니다."

노형진은 자신의 떡밥에 걸린 그들을 보면서 미소를 지었다.

⚖

"이게 무슨……?"

김영환은 당황했다.

자신이 결국 신문이 나왔다. 협박해도 안 넘어왔으니 그건 예상했다. 하지만 그들이 신문에 올린 것은 자신이 생각하던 횡령이나 성추행이 아닌 언론 탄압이었다.

"언론 탄압이라니?"

더군다나 수십 군데의 언론에서 한꺼번에 터트리는 바람에 일이 걷잡을 수 없게 퍼지기 시작했다.

"너 미친 거 아냐?"

"이게 무슨 교수야?"

게다가 그와 동시에 딴따라일보에서 김영환 교수의 성 추문 사건을 공개하는 바람에 결과적으로 학교에서 그 사건을 감추기 위해 압력을 행사하는 것으로밖에 보이지 않았다.

"이런 젠장!"

김영환은 머리를 부여잡았다.

"저기, 교수님…… 기자분이 뵙자고…….."

"장난해, 이 새끼야!"

조교가 문을 열고 어렵게 말했지만 그는 그 말을 들을 기분이 아니었다.

"누가 그딴 새끼 보고 싶대! 쫓아내!"

하지만 그는 몰랐다, 이 상황이 지금 바깥에서 찍히고 있음을.

⚖️

"아주 길길이 날뛰는군요."

"나 같아도 그러겠네."

서승진은 혀를 내둘렀다.

졸지에 전 언론에서 때려죽이려고 달려들자 김영환뿐만 아니라 학교에서도 어쩔 줄 몰라 하기 시작했던 것이다.

"원래 기자라는 족속들이 언론의자유를 생각한다고들 하지만, 솔직히 말하면 자기 밥그릇에는 예민하거든요. 뭐, 누구나 마찬가지지만."

"그건 그렇지."

저런 사건을 해결하기 위해 경찰에 신고하는 것은 소용이 없다. 하지만 노형진은 기자들을 선동해서 그들의 행동을 절묘하게 언론 탄압으로 몰고 갔고, 그런 것에 예민한 기자들이 그를 미친 듯이 물어뜯기 시작한 것이다.

"그리고 이런 건 보통 더 높은 자들이 기분 나쁘게 생각하거든요."

"더 높은 자들?"

"네."

노형진은 조만간 벌어질 일을 기대하고 있었다.

⚖️

같은 시각, 김영환은 가장 두려운 존재에게서 전화를 받았다.

"초…… 총장님……."

─김 교수, 바로 올라오세요.

총장.

학장은 자신의 학과의 리더이다. 하지만 학교에서 가장 높은 사람은 다름 아닌 총장이다.

"젠장……."

그는 겁을 잔뜩 먹고 위로 올라갔다.

그리고 그 사무실로 들어갔을 때 그는 일이 완전히 글러 먹었다는 사실을 알아차렸다.

"이…… 이사장님……."

학교에서 최고가 총장이라면, 총장을 지배하는 자는 이사장이다. 총장과 이사장이 나란히 있는 것을 본 김영환은 얼굴이 사색이 되었다.

"반갑습니다, 김영환 교수. 임명식 때 보고 처음이죠?"

빙긋 웃는 이사장. 하지만 김영환은 그런 그의 미소가 마치 살인마가 마지막에 희생자를 보면서 쾌감을 느끼는 듯한 모습으로 보였다.

"김 교수, 이번 일에 대해서 할 말이 있습니까?"

"무…… 무슨 일요?"

"발뺌은 경찰서에 가서 하세요. 여기는 신성한 학교입니다."

경찰보다 더 높은 곳. 총장은 그렇게 생각했다. 어차피 경찰은 벌금 조금 내면 끝난다. 하지만 이곳은 아니다.

"학장과 함께 압력을 행사하셨다고요? 그 덕분에 각 언론사마다 우리 이름이 언급돼서 우리 학교의 이름을 아주 널리 알리고 있어요."

"이…… 이사장님…… 그게 아니라……."

김영환은 어떻게 해서든 말하고 싶었다. 하지만 이들이 그를 부른 것은 그와 대화하고 싶어서가 아니었다.

"뭐, 길게 이야기하지 맙시다. 우리가 여기에 오라고 한 건 징계 절차에 들어갈 거라는 걸 알리려고 한 거니까."

"지…… 징계요?"

"몇 번 해 봐서 알죠?"

안다. 하지만 지난번에는 다들 자신을 편들어 줬다. 하지만 이번에는 절대 그럴 분위기가 아니었다.

"징계 절차에 들어가기 전에 개인 소견서를 받는 과정이 있으니까 다음 주까지 개인 소견서를 내주시기 바랍니다."

"총장님! 이사장님! 이건 오해입니다"

김영환은 다급하게 그들에게 매달리려고 했다. 하지만 그럴 수가 없었다.

"더 이상 할 말 없습니다. 이 비서."

이사장은 이 비서를 불렀지만 문이 열리고 들어온 것은 이 비서가 아난 경비원들이었다.

그들은 안으로 들어와서는 김영환의 양팔을 잡았다.

"나가 보세요."

"총장님! 총장님!"

경비원은 그들을 끌고 바깥으로 데리고 나갔고 복도에 패

대기쳐 버렸다.

"총장님! 한 번만 제 말씀을 들어 보세요! 이사장님!"

김영환은 애타게 그들을 불렀다. 하지만 굳게 닫혀 있는 문은 열릴 생각을 하지 않았다.

"제발……."

그는 주변을 둘러보다가 한구석에서 자신을 구경하고 있는 사람들을 발견했다. 자신과 함께 일하는 교수들, 그리고 자신과 함께 범죄를 은폐했던 사람들.

"박 교수! 이 교수!"

그는 황급하게 교수들에게 달려갔다. 하지만 교수들은 그와 눈이 마주치자마자 황급하게 방향을 바꿔서 바쁘게 멀어져 버렸고, 남은 것은 한 명뿐이었다.

"학장님, 아시죠? 저, 억울합니다! 저, 억울하다니까요! 제가 그러려고 그런 게 아니잖습니까?"

"이거 놓게."

"학장님, 한 번만 말씀해 주십시오! 한 번만…… 한 번만 넘어가면 바르게 살겠습니다!"

당장 벌금 얼마가 문제가 아니다. 당장 이곳에서 잘리면 자신은 할 수 있는 게 없다. 다른 학교에 가지도 못하고 또 다른 곳에 취업도 못 한다.

그는 유일하게 남은 학장을 붙잡고 애원하기 시작했다. 하지만 다음 순간, 자신도 모르게 다리가 풀리면서 자리에 주저앉았다.

"이…… 이거 왜 이러나? 우리가 알면 얼마나 안다고. 자네, 나 아나?"

그와는 벌써 20년이 알고 지냈다. 그런 그가 자신을 아느냐면서 모른 척한 것이다.

"난 자네에 대해서 잘 몰라서 뭐라고 말을 못 하겠군……. 미안하네."

김영환은 그렇게 멀어지는 학장을 물끄러미 바라볼 뿐이었다.

⚖️

"드디어 고발인가?"

"네."

노형진은 씩 웃었다.

노형진이 고발장을 가지고 오자 서승진은 입맛을 다셨다.

"이제 재기할 수도, 막을 수도 없으니까요."

"허."

노형진의 말대로 그는 말 그대로 몰락했다.

학교에서는 그를 해직하기로 결정했고, 혹시나 불똥이 튈까 두려웠던 인맥들은 그를 철저하게 무시했다. 상대방이 경찰이라면 연좌제 같은 것은 있을 수 없지만 상대방은 언론사다. 그들은 연좌제 금지 같은 것에는 관심도 없었고 그저 철저하게 응징할 뿐이었다.

"이제는 이거 고발해도 됩니다."

인맥도 뭐도 다 잃어버린 김영환. 이제 그를 지켜 줄 건 없었기 때문에 그를 고발하는 것은 어려운 일이 아니었다.

"그런데 손해가 너무 크지 않은가?"

"네?"

"10억이나 쓰지 않았나?"

"아, 그거요?"

노형진은 씩 웃었다.

"그렇지요. 사건 하나만 보면 무척이나 아깝지요. 하지만 이렇게 만들어 둔 언론의 위력은 점점 더 커질 겁니다. 장기적으로 우리 새론에서 하는 모든 사건에 언론을 이용한 공격이 가능해지는 거죠."

"그건 그렇겠군……."

이번 언론의 위력을 봐서는 상상 이상이었다.

법으로 어쩔 수 없는 사건이다. 이긴다고 해도 결국은 피해자는 인생이 망가지고 가해자는 승승장구할 수밖에 없는 사건이었다. 그런데 순식간에 상황이 바뀌어서 가해자는 인생이 박살이 났고, 피해자는 아무런 부담 없이 고발할 수 있게 된 것이다.

"고발한 것이 그의 언론 공격에 묻혀 버렸기 때문에 누구도 기억하지 못할 겁니다."

"그렇겠지."

"이런 게 이이제이라고 할 수 있죠."

두 가지 욕심을 가진 집단을 충돌시킴으로써 결국은 자신들이 노리던 집단을 와해시킨 것이다. 그리고 그사이에 목표하던 승리를 가지고 온 것이다.

"우리는 이제 이런 사건에 떡밥만 던지면 되는 겁니다."

그러면 언론에서 먼저 때려잡을 테고, 상대의 인맥은 순식간에 말라비틀어질 것이다.

"그러면 우리는 느긋하게 고발하면 되는 거지요."

"하하하."

10억을 썼지만 장기적으로 이 사건을 해결할 수 있는 것은 새론밖에 없을 테니 그보다 더 많은 돈이 들어올 것이다.

"결국은 세상은 인맥의 싸움이니까요."

"잠깐? 그러면 최강의 방패와 최강의 창 중에서 누가 이긴 게 되는 건가?"

"결국 그건 알 수 없겠지요."

노형진은 그저 미소를 지을 뿐이었다.

법보다 위에 있는 인간

"적당한 떡밥 없습니까?"

안기부는 노형진의 책상에 머리를 올리고는 축 늘어진 자세로 물었다.

"아니, 왜 여기까지 와서 그러십니까?"

"왜는요. 뭉치게 만들었으면 적당한 떡밥도 좀 주시죠."

"헐."

"'헐.'이 아니라 원래 뭐 키우려면 적당하게 먹여 주는 게 예의 아닙니까?"

안기부는 마치 안다는 듯 히죽거렸다.

'멍청한 사람은 아니라니까.'

노형진이 왜 자신들과 손잡았는지, 그리고 왜 자신들에게 투자했는지 확실하게 알고 있는 안기부는 히죽거리면서 웃었다.

"우리랑 같이 일하려면 적당한 떡밥을 좀 주셔야지요."

노형진은 그런 그를 보면서 머리를 흔들었다.

"설마 사방에다가 다 말하고 다닌 겁니까?"

"그럴 리가요. 10억은 저 혼자 먹기도 아까워서요."

만일 그런 계획을 말했다면 자존심 강한 그들은 강하게 항의했을 것이다. 설사 말하지 않았다고 해도 다른 사건에서 그들의 도움을 받는 것은 어려운 일이었다.

"그래요?"

"뭐, 어차피 나도 그들과 함께 세력을 이뤄서 버티면 좋으니까."

안기부는 길게 의자에 기대앉았다. 그리고 노형진을 보면서 히죽거리며 입을 열었다.

"그러니까 다 잡은 물고기에게 먹이 준다 생각하고 거 적당한 사건 좀 던져 줘 보시죠."

"다 잡은 물고기에게는 먹이를 안 주지 않습니까?"

"그거야 바로 먹을 놈한테나 그러는 거지. 이건 솔직히 양식인데, 먹을 건 줘야 안 굶어 죽죠."

"끄응……."

안기부는 누가 기자 출신 아니랄까 봐 말로는 절대 밀리는 사람이 아니었다.

"내가 무슨 정보원입니까?"

"어지간한 정보원보다는 나으실 것 같은데요."

"끄응……."

노형진은 고개를 흔들었다. 하지만 그의 말이 아예 틀리진 않다는 것을 알고 있었다.

'이쪽에서 아무것도 안 주면서 저쪽에 도움을 청할 수는 없지.'

어찌 되었건 세상은 상호간의 이득을 위해서 움직인다. 그런 만큼 언론사들이 좋아할 만한 주제 하나 정도 던져 주는 것은 어려운 일이 아니었다.

'다만 어떤 사건을 알려 주느냐는 게 문제지.'

노형진은 한참을 고민했다. 그러는 사이 안기부는 아무런 말도 하지 않고 의자에 기대서 늘어지게 하품할 뿐이었다.

그렇게 얼마나 지났을까.

"적당한 사건이 필요하다고요?"

"그렇지요. 그래야 연합체에 실적을 보여 주면서 국민들에게도 눈도장 좀 찍죠."

"그렇다면 적당한 사건이 하나 있습니다."

"적당한 사건?"

"네."

"어떤 사건요?"

노형진은 마치 중요한 이야기를 하듯이 주변을 확인하고

는 문을 닫았다. 그리고 몸을 숙여서 안기부에게 말했다.

"기억하십니까? 남영사료 사건 말입니다."

"남영사료 사건? 아아, 그 사건?"

노형진이 말하자 안기부는 바로 알아들었다.

남영사료 사건은 과거에 유명했던 사건이다.

남영사료 회장의 와이프가 바람을 피우는 것 같다면서 사위를 조사하게 했다. 문제는 사위는 바람을 피운 적이 없다는 것.

그렇다 보니 몇 번을 조사해도 바람피운 흔적이 나오지 않는데, 황당하게도 회장의 와이프는 사위의 조카를 바람피우는 대상으로 특정하고는 킬러를 보내 살해해 버린 것이다.

그래서 부자들의 비정상적인 행동에 대한 사회적 논란이 커지는 계기가 되었다.

"그 사건이 왜요?"

병적인 의심과 불법적인 감시, 킬러를 외국에서 수입해 오는 치밀함, 그리고 돈을 이용해서 모든 걸 덮으려고 했던 것까지, 여러 가지 이유로 그녀는 무기징역을 받고 감옥에 갔다.

"그년, 완전히 미친년이었지요. 저도 그거 압니다."

그녀는 사건을 조사할 때 반성도 안 했을 뿐만 아니라, 심지어 자신을 체포하러 온 경찰들에게 자기가 누구인지 아느냐며 언성을 높이기도 했다.

"그렇지요. 그런데 그 사람이 지금 감옥에 있지 않다는 게 어느 정도 떡밥이 될 것 같습니까?"

이것이 법이다

"뭐라고요? 그 사람이 감옥에 있지 않다고요?"

안기부는 미심쩍은 표정을 지었다.

"네, 그 사람은 감옥에 없습니다."

"무슨 말도 안 되는……."

피식 웃는 안기부였다.

그럴 수밖에 없는 그 당시 얼마나 대한민국을 뒤흔들었던 사건인가? 그런데 그런 범인이 감옥에 없다니?

노형진은 그걸 보면서 역시 피식 웃었다.

"안기부 씨."

"네?"

"한 가지만 물어볼게요."

"물어보세요."

"그때랑 지금이랑 대한민국 경찰과 검찰이 바뀌었다고 생각하십니까?"

안기부는 아무런 말도 하지 못했다.

그게 수십 년 전 사건이 아닌 바로 몇 년 전 사건이다.

"그건 아니죠."

노형진이 말하고자 한 것을 알아챈 안기부는 한숨을 내쉬었다.

그럴 수밖에 없는 게 그 당시에도 그녀가 재벌가라는 점 때문에 경찰과 검찰은 제대로 수사하지도 않아 대부분의 증거와 증언은 아버지가 현상금까지 걸어 가면서 모은 것들이다. 이후에 그에 대한 조사가 공식적으로 이루어진 것도 그 사실이 언론으로 새어 나가 여론이 들고일어났기 때문이다.

"그리고 지금 그 사건에 대해서 기억하는 사람 있습니까?"

"으음……."

아무도 기억하지 못한다. 2002년 당시 나라를 뒤집었지만 지금에 와서는 그런 사건에 관심을 가지는 사람이 없다. 아니, 이제는 기억 속에서 잊히고 있었다.

"제가 알기로는 그 사람, 2006년부터 병원에 가 있습니다."

"병원요?"

"네, 병원 초호화 특실요. 한 달의 반은 병원에서, 한 달의 반은 집에서 보낸다고 하더군요."

"그게 무슨 말도 안 되는 소리입니까?"

"내가 거짓말할 것 같습니까? 안기부 씨가 대답해 보세요. 제가 거짓말할 가능성이 더 높은가요, 아니면 이 나라에서 그런 일이 벌어질 가능성이 더 높은가요?"

"에이, 씨발……."

안기부는 잠깐 생각하더니 욕을 했다. 그럴 수밖에 없는 게 누가 봐도 후자니까.

"그게 사실입니까?"

"네, 윤영자는 2006년부터 초호화 병실에서 생활하고 있습니다."

"아니, 어떻게 그게 가능해요?"

"이거죠."

노형진은 손가락을 슥슥 문지르면서 내밀었다.

그걸 본 안기부는 얼굴을 확 찡그렸다. 그 행동이 돈을 나타낸다는 것을 알고 있기 때문이다.

'망할 새끼들, 이번에는 그냥은 안 넘어간다.'

노형진이 회귀하기 전 윤영자는 그렇게 호화로운 생활을 하다가 걸려서 다시 감옥에 갔다. 그렇다면 정의가 지켜진 것이냐?

아니다. 그가 간 감옥은 화성에 있는 대한민국 최고의 초호화 교정 시설로, 출소 직전에 죄수들이 사회 적응 훈련을 위해서 가는 곳이다. 1인당 6평짜리 방이 지급되며, 그 안에는 2평짜리 샤워실이 함께 지급된다.

또한 개인 텔레비전이 지급되고, 식사는 한식, 양식, 중식, 일식 등 그날 나오는 세 가지 메뉴 중에서 원하는 걸 골라 먹을 수 있으며, 비디오를 볼 수 있는 영화 관람실과 음악 관람실. 헬스장, 심지어 내부에서 자유롭게 쓸 수 있는 편의점까지 갖춰져 있다.

'망할 새끼들, 내가 이번에는 그렇게는 안 놔둔다.'

노형진은 그 사건을 보면서 대한민국의 치부를 그대로 드러낸 사건이라고 이를 박박 갈았었다.

돈만 있으면 사람을 잔인하게 죽여도 편하게 살 수 있는 것이다. 심지어 그것도 모자라서 회장은 그녀를 모범수로 선정해서 출소시키려고 로비하다가 걸리기까지 했다.

"아니, 어떻게 그게 가능합니까?"

"병환에 의한 집행정지라고 아십니까?"

"병환에 의한 집행정지?"

"네."

일반적으로 감옥에서 수감 생활을 하다 보면 아무래도 상태가 열악하다 보니 아플 수가 있다. 문제는 아무리 감옥 내 병원의 시설이 좋다고 해도 외부보다 좋을 수는 없다는 것이다.

"그렇다고 치료하지 않아서 죽이는 건 명백하게 인권 침해죠."

"그래서요?"

"그런 경우 외부에서 치료받고 올 수 있도록 형의 집행을 정지시켜 달라고 요청할 수 있습니다."

"설마……."

"네, 그 설마입니다. 그 형의 집행정지에 필요한 진단서는 의사에게 뇌물만 주면 구힐 수 있죠."

안기부는 입을 쩍 벌렸다.

"그러니까 그 남영사료에서 의사에게 뇌물을 주고 진단서를 받아서 풀어 줬다 이겁니까?"

"네."

"그거 확실합니까?"

"확실하지요."

"못 믿겠습니다."

"못 믿겠으면 같이 가시든가요."

"네? 같이 가자고요? 어디 있는지 압니까?"

"알지요."

언론에 철저하게 감춘다고 하지만 미래에 대해서 알고 있는 노형진은 윤영자가 어디에 있는지 알고 있었다.

"그곳으로 한번 가서 두 눈으로 보시죠."

"그게 가능할까요? 초호화 병실에 들어가 있다면서요? 그러면 접근도 힘들 텐데."

"어떻게 아십니까?"

"재벌 총수들이 드러눕는 게 어디 한두 번입니까?"

일반적으로 사람들에게 공개되는 곳은 8인실, 6인실, 4인실, 2인실, 1인실 정도다. 하지만 사람들이 잘 모르는 특실이 있는데, 그곳은 일반인이 가고 싶어도 갈 수가 없다. 하루 병실 사용료가 100만 원을 넘기 때문이다. 그렇다 보니 그곳에 갈 수 있는 것은 아주 극소수의 부자들뿐이었다.

"그래도 전 접근할 수 있습니다."

"그러니까 어떻게요?"

"제 직업이 뭡니까?"

"그거야 변호사 아닙니까?"

"그렇지요. 변호사지요."

노형진은 씩 웃었다.

（天秤座のマーク）

"반갑습니다. 남궁영수 과장입니다."

노형진이 병원으로 다가오자 고개를 숙여서 인사하는 남자.

"전화는 들었습니다. 당분간 입원할 방이 필요하시다고요?"

"네. 그래서 보안을 비롯하여 몇 가지 사실을 확인하고자 합니다."

노형진은 안경을 밀어 올리면서 고압적으로 이야기했다.

"당연히 해 드려야지요. 마침 잘 오셨습니다. 저희 특실은 대한민국 최고라고 할 수 있거든요."

"자칭 최고라는 곳은 숱하게 봤습니다. 결국 최고의 관점은 우리에게 얼마나 편안한지겠지요."

"충분히 편안하실 겁니다. 이리 오시지요."

남궁영수 과장은 노형진과 남자를 데리고 앞서가기 시작했다.

"뒤에 있는 분은?"

"운전기사입니다. 사진을 찍어서 사모님께 보낼 겁니다."

"아, 네."

그런 일이 흔하게 있는 듯 남궁영수는 별로 이상하게 생각하지 않고 안으로 들어갔다.

"보시다시피 전용 엘리베이터를 이용합니다. 최상층인 34층에 있고 비상계단의 문은 안에서만 열 수 있습니다."

"좋군요."

노형진은 눈을 반짝거리면서 고개를 끄덕거렸고, 운전기사로 분장한 안기부는 잽싸게 사진을 찍기 시작했다.

"전용 엘리베이터는 이 보안 키가 없으면 작동하지 않습니다. 호텔에서 카드 키로 작동하는 것과 같은 이치이지요."

"마음에 듭니다."

노형진은 고개를 끄덕거렸다.

잠시 후 엘리베이터는 최고층에 도착했다.

"이곳은 전 층에 총 여섯 개의 방이 있습니다. 하지만 대부분 비어 있기 때문에 조용히 지내기에는 최고지요."

사실 이런 공간에 입원실을 만드는 것이 병원으로서는 더 수익이 남는다. 그럼에도 불구하고 이들이 그걸 만들지 않는 것은 이런 곳에 들어올 재벌가들과 인맥을 쌓기 위해서였다.

"역시 접근이 쉽지 않겠네."

안기부는 자신도 모르게 멍하니 말했다.

"네?"

"아, 안전하겠다고요."

"아, 안전요. 당연히 안전하죠. 저 창문도 통유리이기는 하지만 특수 처리를 해서 그 어떤 수단으로도 내부를 들여다볼 수 없습니다."

"그렇군요."

남궁영수는 아주 자랑스럽게 말했다.

"더군다나 이곳으로 올라오는 주요 통로에는 스물네 시간 감시 인력이 배치되어 있습니다. 당연히 누구도 들어오지 못하지요."

"흠…… 식사는 어떻게 됩니까?"

"기본적으로 병원 내 식당에서 음식이 나옵니다만 일반적으로 입원한 분들은 집에서 직접 가지고 오시거나 근처 호텔에서 많이 배달시키십니다."

"허."

안기부는 놀랍다는 듯 탄성을 질렀다. 설마 먹는 것까지 그렇게 다르게 할 줄은 몰랐던 것이다.

"그래서 일반적으로 여기서 식사하는 분들은 그냥 일반 직원들이나 시중을 드는 사람들뿐이지요."

"그렇겠지요."

노형진은 아무렇지도 않은 것처럼 천천히 안쪽으로 향했다.

"만일 들어오게 된다면 이곳으로 들어오실 겁니다."

방 안으로 들어가자 탁 트인 창문 너머로 보이는 화려한 도시의 경관이 노형진의 눈에 들어왔다.

"광경이 좋군요."

"여기가 이곳에서 두 번째로 좋은 방입니다."

"첫 번째는?"

"아무래도 그곳은 장기 치료 환자분이 쓰고 있어서요."

'그렇단 말이지.'

장기 치료 환자라는 말에 안기부는 눈을 반짝거렸다.

"그게 누굽니까?"

"그건 보안 때문에 말씀드릴 수 있습니다. 하지만 평범한 분은 아니죠."

"평범한 새끼들하고 있기 싫어서 오는 건데요?"

"그렇지요. 그러니까 그 부분에 대해서는 걱정하지 않으셔도 됩니다. 잡상인부터 기자까지, 원하신다면 아무도 이곳에는 출입하지 못합니다."

노형진은 고개를 끄덕거렸다.

"이 정도라면 확실히 일을 맡겨도 되겠군요."

"그럼요, 하하하."

잠시 후 노형진은 안기부와 함께 안에서 나왔다.

"어떻습니까?"

"보안이 확실하네요."

"그렇지요?"

물론 얼마 후면 저들은 좀 더 보안이 낮은 곳으로 가게 된다. 회장은 병원비를 내기 위해서 공금을 횡령했는데 그 액수가 적지 않았기 때문이다.

당연히 그때는 접근하기 쉬워진다.

물론 그때는 따로 경비원을 붙여서 주변을 감시하겠지만.

'그때까지 그냥 두고 싶은 생각은 전혀 없어.'

노형진은 그렇게 마음을 굳히며 안기부에게 말했다.

"더군다나 촬영하는 게 쉽지는 않을 겁니다."

"그래요?"

"네."

그들은 누군가 왔다고 하면 마치 환자인 것처럼 드러누워서 꼼짝도 안 하고 침도 질질 흘리고 '으어어어.' 하고 소리만 내면서 소위 말하는 병신 흉내를 내곤 했다. 그렇기 때문에 기자들도 취재하는 데 무척이나 고생했다.

"그래서 제가 필요한 거죠."

"노 변호사님요?"

"네, 하지만 그 전에 일단 해야 할 것이 하나 있지요."

"해야 할 것?"

"전 변호사니까요."

⚖

세상에서 가장 억울한 사람이 누굴까?

당연히 피해자다. 특히나 가해자가 사과도 하지 않으면서 잘 먹고 잘 산다면 피해자는 미치고 환장해서 팔짝 뛸 노릇이 된다.

"이게 사실입니까?"

윤영자의 소식을 들은 피해자의 오빠인 김광민은 이를 뿌드득 갈았다.

이것이 법이다

"네."

"이년이 이렇게 잘 살고 있다고요?"

"애석하게도요."

노형진은 한숨을 쉬면서 말을 계속 이어 갔다.

"그곳에 들어간 지도 상당한 시간이 흘렀습니다. 터무니없는 일이죠."

"그런데 어떻게 우리는 몰랐던 겁니까?"

"정부에서는 피해자를 철저하게 배제하니까요."

대한민국에서는 피해자를 사건에서 철저하게 배제한다. 혹시나 보복에 대비해서 출소하면 경고해 주는 외국과 다르다.

심지어 죄수가 탈옥해도 안 알려 주는 것이 대한민국이다. 그런 경우 피해자가 최우선 보복 대상이 되는 걸 알면서도 말이다.

"그렇다 보니 아마 모르셨을 겁니다."

원래도 가족들은 몰랐는데 병원 관계자가 보다가 속 터져서 가족들에게 알린 것이 시발점이 되어서 세상에 알려진 사건이었다.

"이 개년……."

그는 이를 박박 갈았다. 잔뜩 충혈된 눈으로 당장이라도 달려가서 죽여 버리고 싶은 모습이었다.

"진정하세요. 기분은 이해하지만 그렇게 한다고 바뀌는 건 없습니다."

"이해? 이해요? 지금 당신이 날 이해할 수 있다고 생각합니까?"

노형진은 더 이상 말하지 않았다.

사실 자신이 아무리 노력한다고 해도 그의 마음을 이해할 수는 없다. 아니, 누구도 그의 마음을 이해할 수는 없으리라.

"죄송합니다. 섣불리 말했군요. 하지만 지금 상황에서 저는 당신의 편입니다. 그렇기 때문에 여기까지 온 거구요."

"……."

"부모님께는 아직 알리지 마십시오."

"후우."

김광민은 얼굴을 감싸고는 깊은 한숨을 쉬었다.

안 그래도 동생의 일로 고통받는 부모님이다. 그런데 이런 소식을 들으면 아마도 하늘이 무너지는 기분을 느끼실 게 뻔하다.

"그렇다고 우리가 그냥 넘어갈 수는 없지 않습니까?"

"그래서 저희가 김광민 씨를 찾아온 겁니다. 과거에 하지 못했던 복수를 계속하기 위해서요."

"과거에 하지 못했던 복수?"

"아시지요? 누구도 여러분들을 도와주지 않았습니다."

"……."

그 당시 언론에서는 변죽을 울리고 인터넷에서는 때려죽여야 한다며 난리가 났지만, 결국 그런 분위기는 채 한 달도 되지 않았다.

"하아."

그 사건이 끝나고 나자 남영사료는 그 본색을 드러냈는데, 인터넷에서 조금 조용해지는 듯하자 무차별적으로 그 당시 관련된 사람들을 고소한 것이다.

그 당시에 김광민을 도와줬던 변호사는 명예훼손과 허위 사실 유포로 고소했고, 김광민은 협박과 불법 시위로 고발했으며, 그 당시 조금이라도 이 사건을 장기간으로 끌고 가려고 했던 사람들도 무차별적으로 고소했다.

결국 사람들은 그 고소에 질려 버려서 입을 다물었고, 그렇게 사건은 수면 아래로 가라앉았다.

"그때 당하지 않으셨습니까?"

"……"

그 당시 김광민은 그 회사 앞에서 1인 시위를 했다. 그러자 경찰이 와서 퇴거 요청을 했다.

김광민은 경찰의 말에 퇴거하기 위해서 들고 있던 피켓을 함께 와 있던 친구에게 맡겼는데, 경찰은 그걸 보고 김광민과 친구를 불법 집회 혐의로 바로 체포하고 수갑을 채우고 끌고 간 뒤. 심지어 그들에 대한 구속영장까지 신청했다.

친구는 시위를 하지도 않았고 근처에 있지도 않았다. 그런데도 경찰은 김광민을 체포한 것이다.

"남영사료에서는 관련된 자들을 말려 죽이려고 했지요."

"뿌드득……."

"그런데 그런 건 흔하게 벌어지는 일입니다. 상대는 재벌입니다. 그들은 법보다 자신들의 돈을 더 믿지요."

사실 소송에서 재벌가가 상대방을 말려 죽이려고 하는 일은 흔하게 벌어진다. 어차피 돈으로는 이기지 못한다는 걸 아니까.

"그들은 돈만 주면 다 된다고 생각하니까요."

그 당시 남영사료는 피해자들이 무려 8억이라는 무리한 금액을 요구했다면서 언론 플레이를 했는데, 사실 피해자들은 그 돈을 요구한 적이 없다. 다만 변호사가 그 정도 배상금은 줘야 하는 거 아니냐고 주장했을 뿐이다.

"그래서요……? 또다시 그 수렁으로 끌려들어 가라고요?"

얼굴을 부여잡고 중얼거리는 김광민.

"힘들어요……. 속으로 불이 나고 죽이고 싶어요……. 차라리 가서 죽여 버리고 나도 죽고 싶어요."

"접근도 못 할 겁니다. 분명히 거기에는 경호원이 있을 테니까요."

그리고 그들은 김광민이 나타나자마자 죽여 버릴 것이다. 그들의 능력이면 대한민국이 아무리 정당방위를 인정하지 않는다고 해도 정당방위를 받아 낼 수 있다. 설사 아니라고 해도 그를 죽인 보디가드가 잠깐 감옥에 가면 그만인 것이다.

"당신은 죽겠지만 보디가드는 업무상 과실치사로 나올 겁니다. 길어야 3년이겠지요."

"젠장!"

김광민은 분노를 참지 못하고 일어나서는 왔다 갔다 하다가 미친 듯이 벽을 치기 시작했다. 그의 작은 자취방의 벽지에 그의 피가 얼룩지기 시작했지만 그는 멈추지 않았다.

"워워, 진정해요. 진정. 거참, 사람이 릴렉스해야지."

보다 못한 안기부는 그를 말리려 했다. 그러지 않으면 그의 손뼈가 작살날 판국이었으니까.

"아이고, 손 좀 보게……."

피가 덕지덕지 묻어 있는 두 주먹을 보고 깜짝 놀란 안기부는 황급하게 피를 닦아 냈다.

"젠장맞을!"

"진정하세요. 당신이 이러는 게 저쪽에서 바라는 겁니다. 그들은 당신과 당신 가족이 말라 비틀어져서 죽기를 바랍니다."

"크흑……."

실제로도 그 작전은 성공했다.

몇 년 후 어머니는 영양실조로 돌아가셨고 집안은 박살이 나, 그들은 아무것도 하지 못한 채로 뒤로 물러날 수밖에 없었다.

"그러면…… 이대로 당하란 말입니까!"

김광민은 머리가 폭발할 것 같은 얼굴이었다.

"아니요. 그럴 리가요. 이제부터 제가 움직일 겁니다."

"당신이 움직일 거라고요?"

"네. 단, 김광민 씨가 저에게 의뢰한다는 가정하에 말입니다."

"의뢰?"

"네, 전 변호사입니다. 의뢰가 없으면 당연히 움직이지 않지요."

"돈 없습니다."

김광민은 피식 웃었다.

"지금 뭐가 보이세요?"

그는 주변으로 팔을 내밀어 보였다.

허름한 반지하 원룸. 그리고 텅 비어 있는 공간.

"제대로 일도 못 합니다. 매일매일이 지옥이라고요."

사건이 터지고 난 후 누구도 자신들을 챙겨 주지 않았다. 기존에 있던 직장에서는 말도 해 주지 않고 그를 해직했으며, 그후에는 자리를 구하고 싶어도 구할 수가 없었다. 누구도 대기업과 척을 진 그를 고용하고 싶어 하지 않았던 것이다.

"고용요? 당장 내 계좌에 30만 원도 없습니다. 매일같이 노가다로 연명합니다. 그런데 고용요?"

"저기, 진정하고……. 그래도 카드도 있는데……."

그는 피식 웃었다.

"카드요? 카드는 정지된 지 오래입니다."

제대로 돈을 내지 못하니 무서울 정도로 신용 등급이 떨어졌고 그는 결국 카드도 정지되었다.

차를 사서 배추 장사라도 해 볼 생각에 대출을 신청했지만 단돈 1천만 원도 대출되지 않았다.

"말려 죽이고 싶어 하니까요."

노형진은 그 이유를 어렵지 않게 알 수 있었다.

'애초에 그 집안 자체가 정상적인 집안은 아니니까.'

그들은 몇 년에 걸쳐서 관련된 자들을 모조리 고소하면서 집요하게 괴롭혔다. 관련만 되었어도 그런데, 하물며 그 당사자들을 그냥 둘 리 없었다.

"고용할 돈 없습니다."

"후불로 하지요."

"후불?"

"네."

"못 줍니다. 상대는 대기업이에요. 변호사비가 얼마인가요? 1억? 2억?"

아무리 후불이라고 해도 상대방이 대기업인 이상 그 정도는 나오는 것이 현실이다.

"300만 원입니다."

"뭐라고요?"

김광민은 어이가 없어서 노형진을 바라보았다.

자신이 알기로 현재 변호사비 최저가가 300만 원이다. 그런데 300만 원이라니?

"저에 대해서 잘 모르시겠지만 전 돈 없어도 되는 사람입니다."

현재 재산만 1조가 넘는다. 거기에다 투자가 계속되고 있고 막대한 양의 재산이 금으로 바뀌어 있다. 얼마 후 금값이 폭등하게 되면 최소 3조 이상으로 뛰게 된다.

"그런데 왜 변호사 노릇합니까?"

"아직 잊지 않았으니까요."

"잊지 않았다고요?"

"그런 게 있습니다."

마지막 순간 자신의 가슴에 파고들던 그 칼날의 차가움. 그걸 아직까지 기억하고 있다. 아무리 회귀했다고 하지만 그걸 잊을 사람은 없으리라. 어쩌면 그게 그의 지금 생에서의 목표를 만들어 준 것일지도 모른다.

"그러니까 저한테 맡기세요. 제가 확실하게 처리해 드리지요."

노형진은 그의 손을 잡으면서 강하게 그를 바라보았다.

⚖

"분위기가 다르던데요?"

"네?"

"아까 말입니다."

안기부는 아까 노형진이 보여 준 모습이 무척이나 생소했다.

이것이 법이다

그가 아는 노형진은 약간 싸가지 없고, B급 문화를 가지고 있으며, 깐죽거리는 이미지였다. 그런데 아까 보여 준 모습은 진중하고, 무거우며, 말 그대로 정의로운 변호사의 모습이었다.

"에이, 거기서 깐죽거릴 수는 없죠."

"깐죽거릴 수는 없다?"

"그런 상황에서 깐죽거리면 안 되죠."

"허, 그럼 사람을 만날 때마다 다른 가면을 쓴단 말입니까?"

"가면까지는 아니지만 그냥 분위기를 바꾸는 것은 뭐, 능숙하죠."

안기부는 혀를 내둘렀다.

사람은 분위기를 바꾸는 것이 어렵다. 당장 변호사들은 사적인 자리에 가서도 무척이나 진중하고 무거운 것이 현실이다.

"그럼 저랑 일할 때는요?"

"그거야 안기부 씨가 가벼운 분위기를 가지고 있으니 그렇게 접근한 거고."

"아니, 뱃속에 100년 묵은 능구렁이라도 있어요?"

"설마요. 한 50년 정도 묵은 놈은 있습니다만."

"내가 말을 말아야지."

노형진은 큭큭거렸다.

"좋아요. 뭐, 그거야 그렇다고 치고 일단은 사건을 의뢰받았는데 어쩔 겁니까?"

"글쎄요……. 일단은 그곳으로 사람을 들여보내야지요."

"그러니까 어떻게요?"

"그거야 저들도 무기가 돈이지만 우리도 무기가 돈이니까요."

그리고 노형진은 절대 돈지랄에서 밀릴 생각이 없었다.

⚖️

"아니, 여기가 무슨 병원이에요? 호텔이지."

유소미는 입을 쩍 벌리면서 방을 바라보았다.

"뭔 놈의 병실이 내 자취방보다 더 커?"

"쉿! 조용히 하세요."

노형진은 유소미를 바라보면서 입을 가렸다.

"혹시나 저쪽에서 들으면 안 됩니다. 공식적으로 유소미 씨는 재벌가의 막내딸입니다."

"헹…… 재벌가는 무슨……. 내가 한 달 일해도 여기서 하루 자기도 힘들겠구만."

"하루는 자요. 이틀은 무리지만."

입을 삐쭉 내미는 유소미였다. 하지만 그건 채 3분도 지나지 않았다. 다시 주변을 구경하면서 입가에 미소가 걸리기 시작했던 것이다.

"진짜 호텔인데요?"

침대만 환자용일 뿐이지, 소파에 텔레비전에, 화장실에는 커다란 욕조까지 있었다.

"당연한 겁니다. 여기서 지내는 사람들은 재벌가 사람들이니까요."

"쩝……."

당장 먹는 것만 해도 서민이 먹는 것은 구경도 안 하는 부자들. 그런 그들의 입장에서는 이곳의 환경이 살기 위한 최소한의 시스템일 것이다.

"그러니까 여기서 잘하셔야 합니다."

"네네, 알아요."

유소미의 역할은 간단했다. 철모르는 부잣집 아가씨 역할.

"그리고 기자들은 직원으로 올 거구요."

"네."

철모르는 아가씨가 입원하면 당연히 아버지 회사에서 수많은 직원들이 파견 나오게 되어 있다. 그리고 그 직원들은 이곳을 자유롭게 다닐 수 있다.

"물론 윤영자의 방에 들어가는 건 쉽지 않을 겁니다. 하지만 사진과 동영상만 찍을 수 있다면 충분히 증거로 삼을 수 있지요. 공식적으로 윤영자는 암으로 반쯤 혼수상태인 상황이니까요."

"쫌 오래 걸리면 좋겠네."

"제 돈인데요?"

"그러니까요. 지금이 아니면 언제 이런 데서 살아 보겠어요."

실실 웃으면서 방 안을 둘러보는 유소미.

"일단은 어떻게 해야 하는지 알려 드리지요."

유소미는 손가락을 좌우로 까딱거렸다.

"그럴 필요 없어요."

"네?"

"우리나라 드라마에서 제일 많이 나오는 게 뭐게요?"

노형진은 씁쓸하게 미소를 떠올릴 수밖에 없었다.

"이걸 지금 밥이라고 가지고 온 거야? 내가 키우는 뽀삐도 안 처먹겠다!"

"아…… 아가씨!"

"가서 스테이크 안 사 와?"

와장창!

뭔가 날아가는 소리. 그리고 잠시 후 안에서는 한 명의 남자가 된장국을 뒤집어쓰고는 한숨을 쉬면서 안에서 나왔다.

"하아."

그가 한숨을 쉬자 보고 있던 보디가드 한 명이 혀를 끌끌 찼다.

"그쪽도 만만치 않은가 봅니다."

"네?"

"성격 지랄 맞죠?"

된장국을 뒤집어쓴 남자는 애써 웃으려고 했다.

"하여간 부자란 인간들은 왜 저런 건지."

"그러게요."

안기부는 된장국이 묻어 있는 옷을 벗으면서 고개를 흔들었다.

"저쪽으로 넘어가면 '드 뽈랑'이라는 가게가 있는데 그나마 거기가 괜찮을 겁니다."

"어떻게 아십니까?"

보디가드는 웃으면서 고갯짓으로 자신의 뒤쪽을 가리켰다. 그러자 그걸 알아들은 안기부는 씩 웃으면서 어디론가 전화했다.

"감사합니다."

"그쪽은 왜 온 거예요?"

"모르죠, 갑자기 다짜고짜 회장님이 넣어 버렸으니."

"쯧쯧, 사고 치셨구만."

"뻔하죠."

어깨를 으쓱한 그는 슬쩍 보디가드 옆에 가서 섰다.

"담배가 당기네요."

"병원이라 피우지도 못해요."

"그러니까요."

사탕 하나를 주머니에서 건네자 보디가드는 그걸 받아서

우물거리기 시작했다.

'나이스.'

노형진의 계획은 간단하다.

일단 저쪽을 살피기 위해서는 친해져야 한다. 그렇다면 사람이 친해지는 방법이 뭘까? 당연히 뭔가에 공감하는 것이다. 그래서 유소미에게 공감할 만한 연기를 부탁했는데, 그게 완벽하게 먹혀들어 가고 있었다. 유소미가 봤던 드라마에 많이 나오는 재벌의 이야기가 진짜였던 셈이다.

"혹시 이쪽에 다른 식당 아십니까?"

"전화번호 몇 개 드리죠."

"아, 살았습니다. 얼마나 예민하게 구는지."

"말도 마요. 우리도 몇 번이나 뒤집어썼습니다. 병원 밥 가져다주면 거지도 이런 건 안 먹는다고 얼마나 집어 던지던지."

"그러게 말입니다. 솔직히 병원 밥이 맛없기는 하지만 그래도 비싼 밥인데요."

"그렇지요. 완전 바가지예요. 바가지."

안기부가 죽을 맞춰 주기 시작하자 보디가드는 히죽거렸다.

"그나저나 오래 계셨나 봐요?"

"어떻게 아셨습니까?"

"일반적으로 병원 주변 맛 집을 알아 두는 일은 흔하지 않지요."

보디가드는 고개를 끄덕거렸다.

이것이 법이다

"여기 온 지 한 1년?"

"1년요?"

"네, 그냥 한 자리에 있으면 좋은데 그렇지도 않아요. 지겹다나?"

"병원이 무슨 호텔도 아니고."

"그러게 말입니다."

그들이 그렇게 수군거리는 사이 엘리베이터가 열리면서 다른 직원이 헐레벌떡 안으로 들어왔다.

"실장님, 여기."

"오, 고맙네."

그걸 받아 든 안기부는 그에게 눈을 찡긋했다.

"내려가서 대기하게."

"네."

표면적으로는 내려가서 대기하라는 거지만, 사실 지금 음식을 시킨 곳에서 인터뷰를 따 오라는 뜻이었다.

그 기자가 모른 척 다시 내려가자 안기부는 그걸 가지고 다시 병실로 들어갔다. 그러자 기다리고 있던 유소미는 작은 목소리로 사과했다.

"죄송해요. 된장국이 거기로 날아갈 줄은……."

"아닙니다. 그 덕분에 더 철석같이 믿는 것 같던데요, 후후후."

윤영자는 누군가 오면 마치 죽을 것같이 소리를 내면서 누워 있었다. 그래야 감옥으로 돌아가지 않는다는 걸 알고 있었기 때문이다.

"맞습니다. 이렇게 하면 저쪽도 의심을 풀 수밖에 없지요."

노형진이 비싼 돈을 들여 가면서 유소미를 입원시킨 것에는 다 이유가 있었다.

"처음 며칠간은 의심할 겁니다. 그러니까 자기 병실에서도 안 나오고 있지요."

"그렇지요."

"하지만 이렇게 시간이 지나면 의심이 풀어질 겁니다. 행동도 그렇고 돈도 그렇고, 자기 부류라고 생각할 테니까요."

안기부는 고개를 끄덕거렸다. 그렇게 되면 바깥에서 멀쩡하게 돌아다니는 모습을 찍을 수도 있으니 명확한 증거를 얻을 수 있다.

"그러니까 조금 답답해서 당분간은 참아야 합니다."

"답답? 완전 짱 좋은데요?"

스테이크를 보면서 침을 질질 흘리던 유소미의 말에 노형진은 피식 웃었다. 하긴, 놀면서 만난 것도 먹으니 얼마나 좋겠는가?

"그렇다고 해도 적당히 하세요."

"네네, 압니다."

봉지를 주자 황급하게 그 안에 있는 스테이크를 꺼내는 유소미. 그걸 한입 썰어 먹은 그녀는 감동스러운 얼굴이 되었다.

"우와…… 이 집 스테이크 진짜 맛있다. 오리지널 스테이크라는 게 이런 맛인 거구나."

"그렇게 맛있습니까?"

"네, 완전……."

감동적인 시선으로 스테이크를 썰던 그녀는 갑자기 아차 싶은 듯 자신의 목소리를 다듬었다.

"아아."

"왜 그래요?"

"아, 그래도 일은 해야지요."

"일?"

그 말이 다 끝나기도 전에 그녀는 하이 톤의 찢어지는 고함을 질렀다.

"내가 스테이크는 미디엄이라고 했지! 도대체 얼마나 무식하기에 미디엄 웰던으로 해 온 거야! 고기도 먹을 줄 모르는 것들이라니까!"

그렇게 바깥에 다 들리라고 소리를 지른 그녀는 다시 행복한 미소로 스테이크를 썰기 시작했다.

"헤헤, 역시 고기는 미디엄 웰던이야."

"새로운 언론사를 만들어야 합니다."

"새로운 언론사?"

"네."

"아니, 지금도 언론사는 많지 않습니까?"

"그렇지요."

"그런데 왜 언론사를 만들어요? 지난번에는 연합하라면서요?"

"맞습니다. 하지만 연합해서 조사한다고 해도 필요한 언론사는 있죠. 정확히는 그 연합이 궁극적으로 나아가야 할 길이기도 합니다."

안기부는 고개를 갸웃했다. 그렇게 연합해서 세력을 만드는 건 좋은데 거기에다 새로운 언론사를 만들자니?

"아, 물론 독자적인 언론사를 만들자는 게 아닙니다. 정확히는 언론 공급사라고 해야 할까요?"

"언론 공급사? 아아."

모든 언론사들이 자기 매체를 가지고 있는 것은 아니다. 몇몇 언론사들은 자기 매체보다는 뉴스를 공급하는 데에 초점을 맞춘다. 애초에 자기 매체로는 판매량이 안 오르니 차라리 뉴스를 공급해서 수익을 내겠다는 것이다.

"대충 알겠네요. 하지만 과연 그런 게 무슨 의미가 있을까요?"

"있을 겁니다. 제가 생각하는 건 지금까지와는 다른 언론사거든요."

"다르다?"

"네, 안기부 사장님은……."

"어허, 총수라니까요! 총수!"

노형진은 큭큭거리면서 웃었다.

하긴, 본인이 총수라는데 노형진이 뭐라고 할 수 있는 건 아니다.

"하여간 총수님은 지금 대한민국 여론의 가장 큰 문제가 뭐라고 생각하십니까?"

"대한민국 여론의 가장 큰 문제요?"

안기부는 피식 웃었다. 아마도 대한민국에 그게 뭔지 모르는 사람은 없을 것이다.

"망각이죠."

"맞습니다."

사실 좋게 말하면 망각이고, 보통은 냄비 근성이라고 한다. 그 순간은 잊지 말자며 난리 법석을 떨어도 채 한 달도 안 가서 잊어버리고, 몇 달이 지나면 도리어 과거에 집착하지 말라고 욕을 한다.

"그렇기 때문에 일본이 우리를 만만하게 보는 거죠."

친일파가 주장하는 논리와 같은 것인데 과거는 과거일 뿐이라는 것이다.

"하지만 과거는 과거가 아닙니다. 과거는 미래로 가는 초석이지요. 그 초석을 잃어버린 사람은 절대 올바른 미래로 가지 못합니다. 그저 깊은 늪으로 빠져들 뿐이지요."

"그래서요?"

"제가 만들고자 하는 뉴스는 새로운 것이 아닌 과거의 것을 추적하는 뉴스입니다."

"과거?"

"네, 과거가 제대로 잡히지 않으면 어떤 일이 벌어지는지 모르지는 않으시지요?"

안기부는 고개를 끄덕거렸다.

확실히 대한민국에는 과거의 문제에 대해 신경을 너무 안쓴다.

"확실히 그 때문에 대한민국이 제대로 발전하지 못하는 부분도 있지요."

대표적인 것이 바로 대기업의 불법행위이다.

걸렸을 때는 불매운동을 한다고 난리 법석을 떨지만, 그 순간만 지나면 그 회사의 매출이 다시 올라간다. 기업 자체가 사라지는 옆나라인 일본과는 전혀 다른 상황인 것이다.

도리어 그렇게 불법행위가 걸렸을 때 적당히 행사를 좀 해 주면 사상 최고의 매출을 찍기까지 한다.

"맞습니다. 그리고 반대의 경우도 있지요. 쓰레기를 만든 건 기억하시죠?"

"아, 쓰레기 만두 사건요? 기억하지요. 하긴…… 그건 문제이기는 하네요. 아니, 엄청나게 문제죠. 이건 거대 언론사가 아니라 거대 깡패 집단이니까요."

"그래서 이런 뉴스가 필요한 겁니다."

거대 언론사가 깡패 집단이라는 것을 증명할 대표적인 예가 바로 쓰레기 만두 파동이다.

수많은 사람들이 그 사건을 기억하지만 그 후에 대해서는 전혀 모른다. 그런데 현실은 비참함 그 자체였다.

그 당시 경찰이 만두 공장에 뇌물을 요구했는데 거절당했다. 그러자 그 보복으로 경찰은 그 공장의 폐기 대상으로 방치되고 있던 쓰레기의 사진을 찍은 뒤, 기자에게 넘겨 그런 쓰레기로 만두를 만든다는 기사를 쓰게 만들었다.

결국 그 사건으로 수십 개의 만두 공장이 문을 닫았고, 막 시작된 대한민국의 만두 수출 사업은 그대로 끝나고 말았다.

이것이 법이다

"그런데 그 사건과 관련해서 처벌받은 인간은 하나도 없지요."

"하긴…… 그렇지요."

그 당시에 제보했다는 경찰도, 그걸 확인도 하지 않고 무차별적으로 유포한 거대 언론사도, 그 누구도 처벌받지 않았다. 수십 명이 자살하고 수천억의 경제적 피해가 발생했는데 말이다.

"더 큰 문제는 이 진실이 전혀 알려지지 않고 있다는 겁니다."

"그러네요……. 생각해 보면 제 주변에서 아직도 그 이야기를 하는 사람이 많으니까요."

그 당시 수사 결과, 만두 공장에는 결국 무죄가 떨어졌다. 하지만 어떤 언론사도 그건 이야기하지 않았다. 자신들의 치부가 드러나는 사건이었기 때문이다.

결과적으로 쓰레기 만두 사건으로 인해 수만 명의 억울한 피해자가 생겼지만 누구도 말하지 않은 채로 그대로 부정적인 이미지가 굳어져 버렸다.

"그리고 만두 시장은 그대로 대기업의 손아귀에 떨어졌죠."

"맞습니다. 그 사건 이후 중소 규모의 사업이 통째로 대기업에 넘어갔으니까요. 생각해 보면 그런 사건도 많네요. 우지 사태도 그렇고."

우지 사태란 모 기업이 다른 기업을 공격하기 위해서 만들어 낸 조작 사건이다. 라면을 공업용 소기름으로 튀긴다고 언론 플레이를 해서 라이벌 기업을 망하게 한 것이다.

하지만 실상은 수입한 소기름이 공업용 세금이 붙어 공업용 기름으로 착각한 것뿐이었다.

"그 사건 때문에 우리나라 라면 시장이 뒤바뀌었죠."

그 당시까지만 해도 한국계 기업이 1위였는데 그 사건으로 일본계 기업으로 순위가 바뀐 것이다.

"이런 식으로 사건을 계속 파고들어서 현실에 알려야 합니다. 이번 사건도 그렇고요."

"동감합니다. 뉴스는 언제나 새로워야 한다고 생각했는데 노 변호사님의 말이 맞네요. 새로운 것도 필요하지만 집요할 필요도 있겠어요."

과연 이런 추적 전문 언론이 있다면 윤영자가 병원에서 호의호식할 수 있을 리 없다.

"우리나라 거대 기업들은 방식을 간단합니다. 문제가 생기면 기부한다, 고친다 하고 언론 플레이를 하죠. 언론이야 그쪽에서 광고와 돈을 받으니 그에 대해서 우호적으로 잘 써 주고요. 그리고 끝이지요."

몇 달 후 사건이 잠잠해지면 기부하기로 했던 것도, 개혁 안도 취소된다. 그저 다시 과거로 돌아갈 뿐이다.

"그걸 막기 위한 언론사라는 건가요?"

"네, 그들이 그런 걸 전문적으로 취재해서 인터넷 언론사에 뿌리면 사람들은 어떻게 할까요?"

"계속 환기하겠지요."

분노하지는 않겠지만 잊지는 않을 것이다. 그리고 기업은 사람이 잊지 않으면 바뀔 수밖에 없다.

"애초에 이런 계획이었지요?"

안기부는 말하다가 미심쩍은 얼굴로 노형진을 바라보았다.

우연히 계획이 나왔다고 하기에는 처음부터 너무 치밀하게 짜여 있었다. 더군다나 지금 나온 사건 자체도 딱 사람들을 열 받게 만들기 좋은 사건이다. 아마도 이 이름으로 나가면 사람들의 뇌리에 확실하게 각인될 것이다.

"부정은 안 합니다."

노형진은 히죽 웃었다.

"그리고 대기업의 입장에서는 저승사자나 마찬가지이지요."

"하긴."

대기업 중에서 그런 꼼수를 안 쓰는 기업은 드물다. 그런데 그런 꼼수를 못 쓰도록 언론이 감시하면 말 그대로 저승사자나 마찬가지가 된다.

"사람은 누군가 계속 지켜보고 있다고 각인시켜 줘야 합니다. 그래야 똑같은 짓을 안 하죠."

"거참…… 이거 애초에 노 변호사님의 손에서 놀아났군요."

안기부는 입맛을 다셨다. 처음에는 그저 전략적 우호인 줄 알았는데, 알고 보니 노형진의 계획에 놀아난 셈이다.

"그래서 하기 싫습니까?"

"아니요. 완전 하고 싶은데요?"

안기부는 히죽 웃었다. 진짜 자신이 하고 싶은 주제이기는 했다. 누구도 신경 쓰지 않았던 과거의 사건을 끊임없이 파고들어서 세상을 바꾸는 것.

"세상을 바꾸는 건 순간의 분노이기도 하지만 끊임없는 감시이기도 하니까요."

안기부는 고개를 끄덕거렸다.

"그래서 회사 이름은 생각해 봤습니까?"

"네."

"뭡니까?"

"뒷북 늬우~스요."

"뒷북?"

"딱 좋지 않습니까?"

뒷북.

어떤 사람이 반응이 좀 느려서 나중에 반응하면 뒷북을 친다고 한다. 즉, 박자에서 조금씩 늦는 사람을 뜻하는 말이다.

"좋군요."

기존에 있던 속도 위주가 아닌, 한 박자 쉬더라도 끊임없이 노력하고 바라보는 뉴스.

"뒷북뉴스! 하하하!"

안기부는 활짝 웃었다.

"그래요. 우리도 화려하게 뒷북 한번 쳐 봅시다. 하하하."

이것이 삶이다

얼마 후, 인터넷에는 '뒷북뉴스'라는 곳에서 한 가지 충격적인 소식이 퍼지기 시작했다.

"아니, 이게 사실이야?"

"이런 미친……."

사람을 잔인하게 죽인 윤영자가 대기업과 정부의 비호 아래 병원에서 호화로운 생활을 하고 있다는 것이 알려진 것이다. 당연히 사람들은 광분할 수밖에 없었다.

"사람들이 바글바글하네요."

"그렇지요?"

언론에 공개되자 당장 병원으로 몰려드는 사람들.

화가 난 시위대와 그리고 엄청난 수의 기자들, 그리고 윤영자를 지키기 위해서 온 경찰들과 회사에 파견한 직원들까지 모이자 로비는 사람들로 꽉 찼다.

"아주 제대로 걸렸는데요?"

안기부는 기분이 무척이나 좋아 보였다.

"왜요?"

"왜기는요. 지금 홈페이지가 몇 번이나 터졌는데요. 뭐, 미리 준비한다고 했는데도 불구하고 감당이 안 된다니까요."

작은 언론사다 보니 잘 알려지지 않았다. 그래서 하루에 접속할 수 있는 트래픽의 한계가 낮아 황급히 늘리고 있는데도 계속 홈페이지가 다운될 지경이었다.

"다른 곳을 통해서 이야기를 전달하는데도 그래요?"

"다른 곳이라고 뭐 달라야 말이지요. 다들 난리입니다."

지금까지 제대로 자리가 잡혀 있지 않았던 인터넷 언론사다. 하지만 이번 사건을 계기로 엄청난 속력으로 구독자들이 늘어나고 있었다.

"어쩔 수 없을 겁니다. 지금 거대 언론사는 이번 사건에 대해서 이야기하지 않으니까요."

지금은 그들이 이야기하지 않는다. 물론 이 소식이 계속 이슈화되면 그들도 이야기하기 시작하겠지만 현재로써는 소식을 전하기가 부담스러울 것이다.

"남영사료는 상당히 거대한 기업입니다. 우리나라 사료의 60%를 공급하는 곳이니까요."

"그러면 조만간 거대 언론사도 끼어들겠네요."

"맞습니다."

노형진은 입구에서 바글거리는 사람들을 보면서 고개를 끄덕거렸다.

"하지만 그들이 가지고 있는 논조에는 한계가 있으니까요."

안기부는 고개를 끄덕거렸다.

"하긴, 그 새끼들이 그렇지요, 뭐."

그들은 최대한 남영사료에 유리하게 이야기하려고 할 것이다.

이것이 법이다

"그러니까 그 전에 사람들을 가능하면 열 받게 만드는 게 중요하지요."

"하지만 여기서 안 나오는데 어떻게 합니까?"

"그래서 제가 오라고 한 겁니다."

"아니, 여기에 있다고 뭐가 달라진답니까?"

"후후후, 설마 제가 유소미 양을 그냥 넣었다고 생각합니까?"

"응?"

확실히 유소미는 그 안에서 마치 재벌가 아가씨처럼 행동하고 있다. 안기부는 기자들이 직원인 것처럼 병원 안을 자유롭게 다닐 수 있게 하기 위해 노형진이 그녀를 병원에 입원시킨 것으로 알고 있었다.

"뭐, 다른 게 있습니까?"

"유소미 양이 재미있는 이야기를 하더군요."

"재미있는 이야기요?"

"네, 오늘 탈출한답니다."

"탈출?"

안기부는 깜짝 놀랐다. 아니, 탈출이라니? 그건 생각도 못했던 것이다.

"설마 병원이 이런 사태에 대비하지 않았을 거라고 생각합니까?"

"아!"

"그들은 이런 사태에 대비해서 비상시 언론과 관중을 피해

대피할 수 있는 탈출로도 만들어 두지요."

"그래서 카메라랑 기타 장비를 가지고 오라고 한 거군요!"

"네."

기자들이 현관에서 아무리 기다려 봐야 그녀가 현관으로 나올 리 없다. 그렇다면 다른 곳에서 그녀를 잡는 게 더 중요하다.

"일단 함정은 이중으로 짭시다. 로비에 가서 진짜 믿을 수 있는 기자들 좀 데리고 오세요."

안기부는 황급하게 로비로 가더니 몇몇 기자들을 만나서 넌지시 말을 건넸다.

그러자 기자들은 조용히 그곳에서 나왔다. 혹시나 장비를 철수하면 의심할까 봐 장비조차도 놓고 나왔기 때문에 거대 언론사의 기자들은 그다지 의심하지 않았다.

"그래서 장비를 따로 가지고 오라고 한 거군요."

"네."

노형진은 그들을 데리고 어딘가로 갔는데, 그곳은 후미진 화물 하차장이었다.

"이곳은?"

"탈출로의 끝입니다. 탈출로는 전용 엘리베이터를 타고 식당을 거쳐서 창고를 지나 이쪽으로 지나가는 겁니다."

"아니, 그걸 어떻게 압니까?"

"그냥 알아요."

사실 이곳의 탈출로는 미래에 우연한 기회에 대중에 공개된다. 하지만 아직은 사람들이 모를 시점이었다. 그래서 기자들이 신기한 듯 노형진을 바라본 것이다.

"이쪽은 도로도 가깝고 화물을 내리는 곳이라 공간도 넓지요. 더군다나 이쪽은 저쪽 정면에서는 전혀 보이지 않아서 대부분의 사람들은 아예 존재 자체를 모릅니다."

"그건 그렇겠군요."

기자들은 주변을 고개를 끄덕거렸다.

"이곳에서 벌써 사흘째 죽치고 있었는데 이런 곳이 있는지 몰랐습니다."

"그렇지요. 자, 그러면 3단계로 작전을 실행합시다."

"3단계?"

고개를 갸웃하는 기자들.

"네, 저들이 섣불리 나오지는 않을 테니까요."

노형진은 자신이 생각한 계획을 그들에게 설명하기 시작했다.

⚖️

"아가씨, 빨리 이쪽으로!"

"아, 쌍! 내가 왜 이 꼴로 도망가야 해?"

"그런 말 할 때가 아닙니다, 아가씨!"

"장난하냐고! 내 문제도 아닌데 내가 왜 도망가느냐고!"

"이런 건 같이 있어 봐야 좋을 게 없으니 피하라는 게 회장님의 말씀이십니다."

투덜거리면서 병실을 나오는 유소미. 그녀는 속으로 좋은 날은 끝났다면서 피눈물을 흘렸지만 최후의 순간까지 자신의 연기에 충실했다.

"다른 병원을 미리 준비했으니……."

"뭐, 다른 병원? 병원? 내가 미치겠네, 진짜……. 아빠는 왜 나한테만……."

툴툴거리면서 내려온 그녀는 대기장에 있던 곳을 지나 화려한 외제 차를 타고 그곳을 빠져나갔다. 그리고 그 장면을 보고 있던 안기부는 고개를 갸웃했다.

"아니, 저거 유소미 양 아닙니까?"

"맞습니다."

"근데 왜 나가요? 필요 없다고 퇴원시킨 건가요?"

"그럴 리가요."

노형진은 유소미라는 카드를 그냥 그렇게 쉽게 버리고 싶지 않았다.

"그녀는 미끼입니다."

"미끼?"

"네, 오늘 퇴원 예정이라는 소리를 듣고 유소미도 나오라고 했지요."

"왜요?"

"저들이 여기를 의심 안 하겠습니까?"

"아!"

안기부는 노형진의 말에 상황을 알아챘다.

아무리 이쪽을 다른 사람들이 잘 모른다고 해도 만일의 사태가 있을 수 있다. 그렇게 되면 그녀는 나오다 말고 다시 안쪽으로 도망갈 것이다.

"그러면 우리가 목표로 하는 취재는 불가능해지죠."

"그렇지요."

"그래서 미끼를 던진 겁니다."

기자들의 습성상 이런 경우 안에서 누군가 나오면 일단 달라붙을 게 뻔하다. 남영사료도, 그쪽 변호사도 그걸 알고 있을 것이다.

"그쪽도 변호사가 저처럼 코디해 주고 있을 겁니다."

"하지만 실력에서 차이가 많이 나네요."

노형진은 히죽 웃었다.

"칭찬은 감사합니다. 하여간 이렇게 유소미 양이 먼저 퇴원했는데 아무도 없다면 그쪽에서는 의심하지 않고 나올 겁니다."

"그 후에 도망치기에는 늦은 거죠."

"그렇죠."

노형진은 고개를 끄덕거렸다.

그렇게 시간이 지났다.

한 시간쯤 지났을까?

"나옵니다."

저 멀리 복도에 보이는 한 무리의 사람들. 그들의 선두에는 욕심이 많아 보이는 여자가 온갖 짜증을 내고 있었다.

"아니, 내가 뭘 잘못했는데! 바람난 년 죽인 게 그렇게 큰 죄야! 큰 죄냐고!"

"사모님…… 그건 일단 나중에……."

"내가 왜 도망을 가!"

"아무리도 분위기가 안 좋습니다."

"그건 내가 알 바 아니지. 버러지들이 떠든다고 문제가 생기는 건 아니잖아?"

이를 박박 가는 윤영자. 그리고 그런 그녀를 달래면서 그녀를 데리고 가는 사람들.

"왔군요."

노형진은 히죽 웃으면서 그들을 바라보았다.

"아오, 씨발. 저……."

그걸 본 안기부는 엉덩이가 들썩거렸다. 기자의 본능이 그녀를 따라가라고 시키고 있었기 때문이다.

하지만 노형진은 그런 그를 진정시켰다.

"제대로 취재하려면 진정하고 기다리는 법도 알아야 합니다."

"그거야 그런데…… 아오……."

"조금 기다리세요. 확실하게 카메라에 잡혀야 합니다. 작전을 망치고 싶은 건 아니죠?"

"네, 네……."

결국 안기부는 어쩔 수 없이 포기하고 자리에 앉아 버렸다.

"기자들의 실수를 답습하지는 맙시다."

이런 경우 기자들의 실수는 보이자마자 무조건 달라붙는다는 것이다. 그런데 거기에는 한 가지 문제가 있다.

"그래요……. 좋은 사진을 찍어야 하니까."

보이자마자 달라붙으면 좋은 사진을 찍지 못한다. 그러면 제대로 사용하기도 힘들다.

"그러니까 참아요."

노형진은 그들이 오는 통로에 이미 초소형 카메라와 녹음기, 사진기를 설치해 놓고 원격으로 촬영하고 있었다. 그들의 일거수일투족과 그들의 행동이 모두 기록되고 있는 것이다.

"도착했습니다."

그들이 드디어 입구로 도착해서 차로 가려고 하는 찰나였다. 노형진은 무전기의 버튼을 누르고 바로 명령을 내렸다.

"지금입니다!"

"우와!"

"한마디만 해 주시죠!"

"허억!"

윤영자는 눈앞에서 벌어지는 장면을 보고 기겁했다. 숲이나 자동차, 심지어 박스 더미 안에서 좀비처럼 기자들이 갑자기 튀어나왔기 때문이다.

"뭐…… 뭐야! 기자들 없다며!"

그녀는 너무 당황한 나머지 후다닥 부하들의 뒤로 숨었다.

"젠장…… 뚫어!"

윤영자의 변호사는 그걸 보고 사색이 되었다.

'도대체 어떻게……?'

오늘 탈출을 위해서 몇 번이나 확인했고 심지어 미리 미끼까지 내보냈다. 그런데 걸리다니.

"이번 사건에 대해서 하실 말 없습니까?"

"전혀 반성하지 않으시는 것 같은데요?"

"희생자 가족들에게 하실 말씀 없습니까!"

몰려드는 기자들. 그 앞에서 허우적거리는 윤영자는 탈출할 방법을 찾지 못하고 있었다.

"일단 자리는 잡았군요."

노형진이 소수의 사람들을 데리고 온 것은 두 가지 목적이 있었다. 첫째는 그들이 가장 앞쪽 자리를 잡을 수 있게 해 주는 것, 둘째는 윤영자가 도망가는 것을 막는 것.

그런데 그 목적들이 모두 달성되었으니 다음 작전을 실행할 때였다.

"고 팀장님, 이야기하세요."

-알겠습니다.

그 시각, 고문학은 다른 기자들과 현관에 있었다.

그는 전화를 끊으면서 고개를 흔들었다.

"이거참…… 진짜 사람 머리 꼭대기 위에 앉아 있다니까."

일반적인 변호사라면 이런 작전은 쓰지 않았을 것이다. 하지만 이런 치밀한 작전 덕분에 윤영자는 점점 곤란해질 것이다.

"윤영자다! 윤영자가 나타났다!"

"뭐라고요?"

"그게 무슨 소리예요!"

멍하니 병원 로비에서 기다리고 있던 기자들은 고문학의 소리에 깜짝 놀랐다.

"윤영자가 화물적치장으로 도망가고 있답니다."

"그 말이 사실이에요?"

"젠장!"

기자들은 황급하게 그쪽으로 뛰기 시작했다.

그러자 고문학은 바로 전화기를 들었다.

"어, 나다. 그래, 차 움직여. 피날레를 준비해야지."

그렇게 명령을 내린 그는 뛰어가는 기자들을 보면서 입맛을 다셨다.

"노 변호사가 상대라니……. 그쪽 인간들, 진짜 자살하고 싶어지겠구만……."

도리어 상대방이 불쌍해지는 고문학이었다.

⚖️

"젠장!"

윤영자의 변호사는 이를 악물었다.

아까는 그래도 숫자가 적다고 생각했는데 어느 틈엔가 수백 명의 기자들이 몰려온 것이다.

'망했다.'

아마도 현관 쪽에 있던 기자들이 모조리 몰려온 듯했다.

그들은 급한 마음에 무거운 장비는 두고 왔지만 카메라만큼은 들이밀며 몰려오고 있어서 윤영자는 탈출할 수가 없었다.

"이거 어쩔 거야! 쫓아내! 쫓아내라고!"

보디가드의 뒤에 숨어 있는 윤영자는 쫓아내라고 고래고래 소리를 지르고 있었고, 기자들은 점점 많아지고 있었다. 물론 그들도 대혼란인 만큼 기자들도 대혼란이었다.

"밀지 마!"

"으아!"

열심히 달려와 보니 노형진이 빼 간 기자들이 이미 좋은 자리를 차지하고 있었던 것이다. 그래서 뒤늦게 도착한 다른 기자들은 자리를 차지하기 위해 치열한 몸싸움을 벌이고 있었다. 당연히 앞에 있던 기자들이 앞으로 떠밀려, 윤영자의 주변은 혼란의 도가니 그 자체일 수밖에 없었다.

"한마디만 해 주세요!"

어떻게 해서든 취재하려고 하는 기자들.

그 순간이었다.

"어억!"

갑자기 기자 한 명이 비명을 지르면서 바닥을 나뒹굴었다.

아무리 소란스러워도 비명이 달랐기에 모두의 시선이 그쪽으로 향했는데, 그 기자의 눈 주위가 벌써 붉게 변하고 있었다.

"헐?"

"지금 기자를 팬 거야?"

기자들은 멍하니 그걸 보다가 어이가 없었다.

아무리 상황이 안 좋고 급해도 기자에게 손대지 않는 것이 보통이다. 그런데 누가 봐도 그자의 눈에는 멍이 들어 있었다.

"지금 기자를 팬 건가요?"

"그렇게 해도 될 만큼 권력이 강하다고 생각하는 겁니까?"

기자들은 발끈해서 더 공격적으로 달라붙었고, 윤영자의 변호사는 사색이 되었다.

'이런 씨발……'

보아하니 혼란한 와중에 발끈한 보디가드 한 명이 기자에게 주먹을 날린 것 같았다.

문제는 그게 결코 좋은 짓이 아니라는 것이다. 기자라는 족속의 성격을 생각하면 말이다.

더군다나 얼마 전 있던 모 대학의 언론 탄압 문제로 인해서 기자들이 이런 것에 예민할 때였다.

　　"진짜 반성이란 건 없는 겁니까!"

　　기자들이 점점 몰려와 이제는 보디가드가 밀리기 시작했다. 문제는 다시 안으로 들어오면 다시는 나오지 못한다는 것.

　　"밀어!"

　　"네?"

　　"밀라고! 차도 이쪽으로 가지고 와!"

　　어떻게 해서든 탈출하라는 게 회장님의 명령이었기 때문에 그는 최악의 선택을 하고 말았다.

　　"으악!"

　　"끄엑!"

　　결국 구타는 아니지만 밀어내기 위해서 보디가드들은 힘을 쓰기 시작했고, 기자들은 더욱 발끈하기 시작했다. 하지만 그들의 행동은 끝난 게 아니었다.

　　"뭐야!"

　　"미친 거야!"

　　윤영자를 태우러 왔던 차가 갑자기 기자들을 밀고 들어오기 시작한 것이다. 아무리 저속이라고 하지만 차가 사람들을 밀고 들어온다는 것 자체가 막장이라는 소리였다.

　　"으악!"

　　"비켜!"

결국 차에 밀려서 비켜나는 기자들. 그리고 황급히 차에 타는 윤영자.

"지금 차로 사람을 민 겁니까?"

"후환이 두렵지 않아요?"

"이게 지금 민주주의국가에서 벌어질 일이에요?"

발끈하는 기자들과 그들을 뚫고 가려고 하는 차량.

하지만 운전기사는 채 100미터도 가지 못하고 사색이 되었다.

"어…… 못 나가겠는데요?"

"장난해! 앞에 누가 있든 밀어내고 가라고!"

소리를 버럭 지르는 윤영자.

그러나 변호사는 차 앞을 바라보았다.

"음……."

이 도로는 적치장으로 가는 도로다. 그래서 일반적으로 차량이 다니지 않기 때문에 차량 한 대가 다닐 정도의 폭밖에 되지 않는다. 그런데 그 도로에 난데없이 트럭 두 대가 나란히 서 있었던 것이다.

"밀어내!"

"네?"

"밀어내라고!"

운전기사는 당황했다. 이차는 수십억짜리 차량이다. 그런데 그걸로 고작 고물 트럭 두 대를 밀어내라니.

"밀어내! 지금 차 수리비가 문제야?"

"끄응……."

결국 운전기사는 있는 힘껏 두 대의 트럭 중 하나를 밀어내기 시작했다.

부아아앙!

엄청난 소리와 매연. 그러나 트럭은 움직일 생각도 하지 않았다.

"무거운 걸 실어 둔 모양인데요."

"젠장, 그럼 옆에 있는 걸 밀어내!"

"네!"

부아아앙!

다시 밀어내는 차량. 그러나 여전히 차는 밀리지 않았다. 그러는 사이 기자들은 차를 다시 에워쌌고, 그제야 변호사는 자신들이 갇혔다는 생각을 했다.

"뭐야! 당장 차 치우라고 그래! 장난해!"

길길이 날뛰는 윤영자를 보면서 변호사는 결국 전화기를 들었다. 이런 경우 도움을 청할 수 있는 곳은 한 곳뿐이었다.

"여보세요. 경찰이죠?"

앵앵앵.

노형진이 멀어지는 윤영자의 차량을 지켜보는 사이, 안기부는 사진을 확인하면서 미소를 지었다.

　"확실히 사진이 잘 나왔네요."

　"그렇지요?"

　"기자들이 없는 장소에서 미리 설치한 카메라가 이렇게 깨끗하게 나올 줄이야."

　"요즘은 뭐든 작전을 잘 짜야 한다니까요."

　"그나저나 저 녀석이 미쳤네요."

　"네?"

　"기자들을 팰 거라고는 생각도 못 했습니다."

　노형진은 애써 올라오는 웃음을 속으로 삼켰다.

　'미안해서 어쩌나요, 후후후.'

　사실 그때 쓰러진 것은 진짜 기자가 아니었다.

　'일단은 저들이 기자들과 척을 져야 한단 말이죠.'

　국민의 대다수는 언론으로부터 정보를 얻는다. 따라서 기자들이 저들에게 우호적인 기사를 쓰면 자신들이 불리해진다.

　결국 저 녀석들을 응징하기 위해서 일단 기자들과 사이를 벌려 둔 것이다.

　'이제는 기자들이 좋아할 리 없지.'

　애초에 쓰러진 건 기자가 아니라 미리 투입한 정보 팀 직원이었다. 눈가의 상처도 화장을 살짝 감췄다가 드러낸 것에 지나지 않는다.

하지만 그 혼란에서 사람들은 보디가드가 기자를 구타했다고밖에 생각할 수 없었다. 더군다나 차량으로 기자들을 밀면서 탈출했으니 분위기가 안 좋아질 수밖에 없었다.

"이거, 사진들이 죽이는데요."

그걸 모르는 안기부는 히죽거리면서 사진을 확인했다.

"총수님, 이거 들어 보세요."

"응?"

"들어 보시라니까요."

녹음된 걸 듣고 있던 직원 한 명은 얼굴이 환해져서 다가왔다.

"그게 뭔데?"

"그 인간들이 나오면서 떠든 겁니다."

들어 보던 안기부는 얼굴이 직원처럼 환해졌다.

"이거 완전 대박이다."

거기에는 단순히 푸념 수준이 아니라 병원과 정치인에게 뇌물을 줬는데도 왜 사건이 무마되지 않느냐고 화를 내는 윤영자의 말이 그대로 녹음되어 있었다. 더군다나 뇌물을 받은 의사와 정치인의 실명까지.

"이건 완전 대박이야……."

만일 자신들이 취재하려고 했다면 저들이 절대로 말하지 않았을 정보들이다. 하지만 자신들만 있다고 생각했기 때문에 온갖 불만을 다 말한 것이다.

"오늘 완전히 땡잡았네, 땡잡았어. 차도 길을 막아 주고."

"하하하."

노형진은 그저 웃었다. 사실 차를 동원해서 막은 것도 자신이니까.

결과적으로 오늘은 기자들도, 윤영자도 노형진의 손아귀에서 놀아난 셈이다.

"이제 어쩌실 겁니까?"

"네? 어쩌긴요? 당장 가서 기사 써야지요."

"그래요? 그럼 제가 쓴 기사를 한번 보시겠습니까?"

"엥? 노 변호사님이 기사를 써 봤다고요?"

"그냥 간략하게요."

노형진은 종이 한 장을 건넸다. 그런데 그걸 살펴보던 안기부의 표정이 묘해졌다.

"이거 언제 썼습니까?"

"어…… 좀 되었지요?"

"좀 되었다고요? 허…….."

안기부는 헛웃음만 나왔다. 이 기사대로라면 자신들은 결국 노형진의 말대로 움직였다는 것이 된다.

"당신…… 은근히 무서운 사람이네."

"왜요?"

"이걸 다 알고 했다는 거 아닙니까?"

"그렇지요."

"거참……."

안기부는 그렇게 혀를 차면서도 그 기사를 자신의 주머니에 넣었다.

"뭐, 예상했던 거니 이해는 하는데."

노형진도 살짝 놀랐다.

'이 사람도 보통은 아니네.'

자신은 철저하게 비밀로 움직였다. 그런데 예상했다니.

"하긴…… 당신과 내가 추구하는 바는 다르니까 이해는 해요. 하지만 말은 좀 해 주지."

"기자한테 섣불리 말할 수 없죠."

"쩝…… 부정은 못 하겠네."

그렇게 말하면서도 안기부는 기분 나쁜 표정은 아니었다.

"그나저나 나중에 법인에서 잘리면 우리 쪽에 와요. 기사 하나 끝내주게 쓰네, 하하하."

"글쎄요? 과연 잘릴까요?"

"그럴 수도 있지, 뭘."

그는 노형진이 건네준 기사가 무척이나 마음에 들었다.

"내일부터 남영사료 쪽에 피바람에 불겠네, 하하하."

개미 군단의 힘

"젠장…… 이게 무슨…….."

남영사료의 원기수 회장은 뉴스를 보면서 이를 악물었다.

"도대체…… 이게 무슨 말인가……?"

"면목이 없습니다, 회장님…….."

변호사는 그를 보면서 고개를 들 수가 없었기 때문이다.

뉴스의 논조는 자신들에게 적대적이었다. 그것도 아주 심각하게 말이다.

–이번 윤영자 탈출 사건에서 남영사료는 탈출 과정에서 기자들을 폭행하고……(중략)……그 과정에서 차량으로 기자들과 관계자들을 밀어내어 상해를 입혔으며……(중략)……그 과정에서 차량 두 대

와 추돌 차량을 파손시켰습니다. 그들은 그들의 경호를 위해서 도착한 경찰의 보호를 받으면서 현장을 탈출하여…….

아 다르고 어 다른 게 말이다. 현장에 있던 이야기가 어느 정도 전해지기는 했지만 이건 누가 봐도 자신들이 노린 것처럼 되어 있었다.

"지금 그 말로 변명이 될 거라 생각하나!"

"죄송합니다……. 일이…… 그렇게 꼬일 줄은…….""

변호사는 돌아 버릴 지경이었다. 그럴 수밖에 없는 게 기자를 맨 처음 팬 보디가드를 찾지 못했던 것이다.

사실 누가 팼다고 이야기도 안 할 테니까 기대도 안 했다. 설사 이제 와서 안 팼다고 해도 언론이 믿을 리 없다. 더군다나 차로 밀어낸 것도 사실이다.

'하지만 추돌은 억울하다고.'

탈출할 때 무리하기는 했지만 일단 불법 주차를 해 놓은 것은 그들이다. 그래서 탈출할 때 밀어내느라고 힘을 쓰기는 했다.

물론 노형진이 그걸 모래로 가득 채워 놨다고는 생각도 못 했을 테지만. 어쨌든 그런 트럭을 브레이크 걸고 사이드까지 채웠으니 밀릴 리 없다.

그런데 기사만 보면 자신들이 광란의 도주극을 벌이다가 차 두 대를 박살을 낸 것처럼 되어 있었다.

'경찰은 더 억울하다고.'

더 이상 방법이 없자 그들은 경찰을 불러 차를 뺐다. 그리고 사람이 많다 보니 경찰과 함께 빠져나왔다. 그런데 그게 경호라니…….

"이제 어쩔 건가 앙! 지금 경찰 쪽에서는 나랑 통화도 안 하려고 해! 알아!"

원기수는 죽을 맛이었다. 권력자들과 이야기해서 사건을 무마해야 하는데 일은 일대로 커진 상황이었던 것이다.

윤영자가 감옥에서 나갈 때 협조해 준 검찰마저도 이에 대해 조사하겠다고 이야기하고 있었다. 법원에서도 당시에 관련된 사람들을 조사하겠다고 말하고 있고 말이다.

그렇다 보니 믿을 곳이라고는 경찰밖에 없었는데, 이번 일로 경호 논란에 휘말리면서 사정없이 두들겨 맞고 있어 이쪽을 봐줄 상황이 아니었다. 조금만 봐줘도 뇌물을 받고 봐준 거라는 소리가 나온다면서 말이다.

"이제 어쩔 거야!"

"진정하십시오, 회장님. 어차피 시간이 지나면 잊힙니다. 한번 겪어 보셨잖습니까? 이게 대한민국입니다."

변호사는 애써 그를 진정시켰다.

"끄응…….""

원기수는 깊게 심호흡했다. 틀린 말은 아니니까.

"후우, 후우. 그래, 그렇기는 하지."

지난번에 사람을 죽였다고 생난리를 치던 곳들도 지금은 다 조용히 하고 있다. 그러니 조금만 지나면 대한민국에서 이번 일과 관련된 모든 것이 사라질 것이다.

"일단은 딱 잡아떼고 계십시오."

"그래. 그러면 되는 거야."

그들은 그렇게 생각했다.

"와, 끝내주네, 쌍노무 새끼들."

뉴스를 보면서 안기부는 혀를 내둘렀다.

"꼼짝도 안 하죠."

"안 하면 다행이죠."

얼마 전 안기부의 회사에 남영사료의 녀석들이 들이닥쳤다. 그들은 당장 기사를 내리지 않으면 명예훼손으로 고소하겠다고 잔뜩 겁을 주고 갔다.

"지난번에도 그 방법을 써서 이겼으니까요."

그들은 말 그대로 사방팔방으로 고소하고 있었다. 인터넷에 남영사료에 관한 조금이라도 안 좋은 소리를 하면 명예훼손으로 고발하고 있어 인터넷에서는 그들에 대한 이야기가 올라오는 빈도수가 줄어들고 있었다.

"이게 기자회견이야, 협박이야?"

당연히 인터넷에서는 남영사료에 대한 불매운동이 벌어지고 있었지만 사실 의미가 없었다. 남영사료는 방송에서 불매운동을 해서 직원들이 직장을 잃으면 너희들이 책임질 거냐면 도리어 피해자들에게 협박하고 있었으니까.

"남영사료는 일반인을 대상으로 사료를 판매하지는 않습니다. 뭐, 개 사료 정도는 일부 타격을 입겠지만 개 사료는 주력도 아니죠."

"그러니까 저러죠."

사료를 불매운동 하자니 그걸 쓰는 곳이 한정되어 있다.

"그렇다고 사료를 쓰는 곳에 대한 불매운동을 하기에는 애매하죠."

일단 어떤 농장이 어떤 사료를 쓰는지 알 방법이 없다. 설사 불매운동을 한다고 해도 결국은 길어야 1년이다.

"우리나라의 특성상 불매운동은 한계가 있을 겁니다. 특히나 이렇게 대상이 불명확할 때는요."

"으음……."

노형진의 말에 안기부는 한숨을 쉬었다.

"언론의 힘으로 안 되는 게 있기는 하군요."

"언론은 용가리 통뼈가 아닙니다. 법으로도 안 된 녀석들인데, 언론의 힘으로 되겠습니까?"

"젠장."

안기부는 한숨만 쉬었다.

"뭐, 내가 정의니 뭐니 말하고 싶지는 않은데, 이렇게 개무시당하니 엄청나게 기분 나쁘네요."

"그렇지요?"

"그런데 노 변호사님은 기분 안 나쁘세요?"

"나쁘죠."

정의라는 것이 지켜질 거라 생각했는데 아무리 봐도 정의란 없는 것 같았다.

"그래도 주가는 떨어졌잖습니까?"

"그게 무슨 소용이 있어요. 이 판국이면 가만히 있으면 다시 오를 텐데."

"나야 좋지요."

"네?"

노형진의 말에 안기부는 깜짝 놀랐다. 나야 좋다니? 그 말뜻은 한 가지뿐이기 때문이다.

"설마 남영사료 주식 모으세요?"

"네."

"아니, 왜요? 미쳤습니까?"

"미친 게 아니라 정의를 지키려면 그래야지요."

"허?"

노형진의 말에 안기부는 어이가 없었다.

"이런 말 하면 죄송한데, 애초에 언론에 공개된 걸로 저들이 망할 거라고는 기대도 안 했습니다. 솔직히 이번 사건에서는 언론도 제게 있어 하나의 패에 지나지 않았거든요."

"그거야 이번 사건을 하면서 다 그러셨잖아요."

"네, 그랬지요."

"그렇다고 뭐가 바뀝니까?"

"바뀌지요, 아주 많이."

"엥?"

"아, 그러고 보니 돈 있으면 남영사료 주식을 좀 사 두세요. 조만간 좋은 일이 있을 겁니다."

안기부는 이해하지 못해 고개를 갸웃할 수밖에 없었다.

⚖️

"미스터 브라운!"

"미스터 노!"

노형진은 공항에서 누군가를 기다리고 있었다. 그리고 한 남자가 들어오자 손을 들어서 환영했다.

"반갑습니다, 브라운."

"별말씀을요. 그나저나 미스터 노의 말씀은 잘 들었습니다만 계획대로 될까요?"

"될 겁니다."

"하하하."

그들이 대화하자 옆에 있던 김광민은 불편한 얼굴이 되었다. 힘들게 휴가를 내고 여기까지 왔는데 정작 자신을 부른 노형진은 정체 모를 외국인과 이야기하고 있으니 기분이 안 나쁠 리가 없다.

"아, 죄송합니다. 이쪽은 김광민이라고 이번 사건의 피해 자입니다."

"쇼 브라운입니다. 그냥 브라운이라고 불러 주시면 됩니다."

"아…… 네…….."

약간 발음이 이상하기는 하지만 브라운이 능숙하게 한국 말을 했기 때문에 대화하는 데 이상은 없어서 김광민은 그가 뭐라고 하는지 알 수 있었다.

"미스터 브라운은 미국에 로펌에서 일하고 있지요."

"네? 미국 로펌요?"

노형진의 말에 김광민은 고개를 갸웃했다.

남영사료 사건은 미국이 아니라 한국에서 벌어진 것이다. 그런데 왜 미국 변호사가 온단 말인가?

"일단은 조용한 곳으로 가지요. 우리는 할 이야기가 많으니 까요. 그러고 보니 미스터 브라운, 그건 어떻게 되었습니까?"

"아, 그거요? 어려운 건 아니라고 합니다. 다만 약속한 것 은 지켜 주셔야 한다고."

"그거야 어려운 것도 아니죠."

노형진은 빙긋 웃었다.

"자, 그럼 피날레를 하러 갈까요?"

이것이 법이다

모든 준비는 끝났고 이제 마무리를 할 시간이었다.

⚖️

"저기요, 노 변호사님……. 도대체 왜 미국에서 한국 사건에 관심을 가지는 겁니까?"

결국 김광민은 조용한 회의실에서 물어볼 수밖에 없었다. 자신이 억울해서 위임하기는 했지만 전혀 상황을 알지 못하니 답답할 뿐이었다.

"지금까지 우리한테 해 준 건 감사합니다. 하지만……."

언론을 이용해서 저들에게 압력을 주고 고발도 했지만 그들은 꿈쩍도 하지 않았다.

"자, 자, 포기하지 마세요."

안기부는 그런 김광민을 다독거렸다.

"정부에서 조사한다고 하잖습니까?"

"그건 사건이 막 일어났을 때도 그랬습니다. 안 그런가요?"

"……."

안기부도 할 말을 잃어버렸다. 김광민의 말대로 그때도 그랬지만 바뀌는 건 없었기 때문이다.

그때 노형진이 말했다.

"맞습니다. 솔직히 정부에 고발이 들어갔다고 해도 아마 의미가 없을 겁니다."

"의미가 없다니요?"

"감옥에 가는 게 끝이 아닙니다. 아마도 잠잠해지면 최고급 시설이 있는 특급 교도소로 옮겨질 겁니다."

"설마요."

"지금까지 벌어진 일을 보고도 '설마.'라는 말이 나옵니까?"

"아…… 씨발…….."

안기부는 데자뷔를 느끼면서 욕을 했다. 절대 아니라고 말을 할 수가 없었기 때문이다.

'실제로도 그랬고.'

실제로도 그녀는 최고급 감옥에서 편하게 여생을 보냈다.

'그렇게 쉽게 용서해 줄 수는 없지.'

그들이 그렇게 할 수 있는 것은 그들에게 돈이 있기 때문이다. 당연히 그 돈만 빼앗을 수 있다면 그들을 나락으로 떨어트리는 것은 일도 아니다.

"자, 그럼 마지막 작전에 대해서 설명해 드리지요."

"하하하, 기대됩니다. 전 이런 식으로 저스티스……. 아, 한국어로는 정의라고 하죠? 정의가 지켜지는 건 처음 봐서요. 아메리카에서도 상당히 보기 드무네요."

잔뜩 기대하는 브라운의 표정으로 보고 김광민과 안기부는 고개를 갸웃할 수밖에 없었다.

"일단은 이 브라운 씨가 왜 여기 와 있는지에 대한 설명을 하겠습니다. 브라운 씨는 미국의 변호사지요."

"그건 알겠습니다."

누가 봐도 한국인은 아니니까.

"그런데 여러분들의 말씀대로 남영사료는 한국 기업입니다. 그런데도 브라운 씨가 여기 온 것은 한국 기업이라고 해도 주식이 한국에 있으라는 법이 없기 때문이에요."

"네?"

김광민과 안기부는 이해하지 못하고 고개를 갸웃했다.

노형진은 그들에게 차근차근 설명하기 시작했다.

"대한민국은 외국의 투자 자금을 받기 위해서 주식의 경우 해외 판매를 허용하고 있습니다. 즉, 외국인이라고 해도 국내에 투자해서 돈을 받아 갈 수 있지요."

"그렇지요?"

"그런데 그 사람이 미국 사람이라면 어떨까요?"

"무슨 말씀이신지?"

"뭐, 두 분은 잘 모르시겠지만 제가 돈이 좀 많습니다."

"돈요?"

김광민은 모른다는 표정이 되었다. 처음에 대충 듣기는 했지만 그렇다고 뭐가 달라진 건 없기 때문이다.

하지만 안기부는 그 말을 듣고 고개를 끄덕거렸다.

"그건 알죠. 그거랑 무슨 관계가 있나 싶네요."

"쉽게 말씀드리죠. 사건의 관할지는 총 세 군데입니다. 첫 번째는 사건 발생지, 두 번째는 원고의 주소지, 세 번째는 피고의 주소지."

"그래서요?"

"그런데 미국인이 한국 주식을 가지고 있다면요?"

"응?"

그들은 고개를 갸웃했다. 미국 법에 대해서 잘 알지 못하니 이해하지 못한 것이다. 브라운은 마치 기다렸다는 듯이 그들에게 설명하기 시작했다.

"미국인이 한국 주식을 가지고 있는데 한국에 있는 회장의 행위로 인해서 주식의 가격이 심각하게 떨어지면 그 한국의 회장에게 손해배상을 청구할 수 있습니다. 일단 이론적으로는 가능하지요."

"그래요?"

"네. 그리고 이런 경우는 좀 복잡해지는데, 기존에 있던 범죄로 주식이 떨어진 상황에서 그걸 은폐하고 조작하기 위해서 고의로 범죄를 저지른 경우 미국에서는 징벌적 배상을 청구할 수 있지요."

"징벌적 배상!"

안기부는 노형진이 그동안 치밀하게 준비해 온 작전을 알아차렸다.

"진짜입니까?"

"네, 이런 경우 징벌적 배상이 들어가면 못해도 100억 이상의 손해배상금이 청구될 겁니다."

이것이 법이다

"하지만 어떻게요? 미국에서……."

말을 하려던 김광민은 놀란 표정이 되었다.

미국이라는 나라에서 남영사료를 알고 주식을 살 리는 없다. 그렇다면 미리 누군가 사 두는 수밖에 없다. 그 정도 자산을 가지고 있는 누군가가 말이다.

"맞습니다."

노형진은 김광민의 시선을 느끼고 고개를 끄덕거렸다.

"제가 명의를 분산해서 미국인 이름으로 남영사료의 주식을 구입해 놨지요."

"그……."

설마 그렇게까지 해 줄 거라고는 생각지도 못했던 김광민은 감동스러운 표정이 되었다.

"그렇게까지……."

"어차피 전 손해 볼 생각이 없으니까요. 안기부 씨나 김광민 씨의 말씀대로 이건 시간이 지나면 다시 오를 주식입니다. 한국에서는 오르겠지요. 하지만 그사이에 그들을 응징할 수는 있지요."

노형진은 그들을 보면서 미소를 지었다.

"물론 이건 일단 이론적인 겁니다. 이런 사건이 처음이기 때문에 미국 정부에서 받아 줄지 안 받아 줄지는 알 수가 없지요. 그리고 미국 정부에서 받아 준다면 한국에서 이 사건을 덮지 못할 겁니다."

원기수와 남영사료의 힘이 아무리 강하다고 해도 결국은 한국 내부의 힘이다. 미국이라는 초거대 국가에 대항할 수 있는 수준은 아니다.

"만일 안 받아 주면요?"

안기부는 그 작전을 듣다가 결정적인 문제를 생각했다.

"이론적이라는 건 말 그대로 법적으로 이론에 가까운 거지 실전은 아니잖습니까? 미국에 받아들여지지 않으면 결국 방법이 없는 거 아닌가요?"

"그럴 리가요."

노형진은 이런 작전을 그렇게 허술하게 준비하지 않았다.

"애초에 이건 언론의 특징을 이용한 이중 작전입니다."

"이중 작전?"

"네, 전에 말한 언론의 특징 아시죠?"

"알죠."

이슈가 될 때는 엄청나게 때리다가도 이슈화되지 않으면 해명을 하지 않는다.

"정식으로 소송이 들어가면 인터넷 언론을 통해 미국에서 막대한 징벌적 손해배상 소송이 들어갔다고 알릴 겁니다. 그러면 주가는 바닥으로 떨어지겠지요."

"그렇지요."

"그 상황에서 두 번째 작전이 실행됩니다."

"두 번째 작전?"

"네, 남영사료에 대한 불매운동은 이미 의미가 없지요. 아시죠?"

"알죠."

일반인들이 아무리 노력해도 농부와 같이 사료를 쓰는 사람들은 일반인이 아니다. 당연히 갑자기 사료를 바꾸는 건 상당히 힘든 일이다.

"하지만 남영사료의 소비층이 아니라 남영사료의 공급층이 불매운동을 하면 어떨까요?"

"네?"

"남영사료는 분명 한국의 사료 회사입니다. 하지만 그 재료는 한국이 아닌 외국에서 수출하고 있지요. 애초에 한국에서 나는 재료로 사료 사업의 수지타산을 맞출 수는 없으니까."

"그래서요?"

"미스터 브라운."

노형진은 대답하지 않고 브라운을 바라보았다.

"오기 전 그들에게 사료의 재료를 수출하던 기업과 담판을 지었습니다. 노 변호사님이 3년간 투자 자금을 동결해 준다면 거래 취소 의견을 내줄 수 있답니다."

"3년간 투자 자금 동결?"

그들은 이해하지 못했다. 도대체 얼마나 큰돈인지 모르기 때문이다.

"이런, 못 알아들으시는군요. 다시 한 번 설명해 드리겠습니다."

브라운은 그들에게 좀 더 상세하게 설명해 주기로 했다.

"미스터 노의 별명은 미다스의 손입니다. 투자한 모든 사업에서 막대한 이득을 챙겼지요. 단 한 번의 실수도 없이 말입니다."

"하하하……."

그거야 그럴 수밖에 없다. 미래에 대해서 잘 알고 있으니까.

노형진은 변호사이고 변호사는 세상에 대해서 열심히 공부해야 한다. 그래서 신문을 종류별로 보는데, 그중에는 경제 신문도 있어서 경제적 정보는 잘 알고 있었다. 당연히 특히 큰 건에 대해서는 더욱 잘 알 수밖에 없었다.

"투자해 주는 게 조건이라고요?"

"그럴 리가요. 이미 미스터 노는 투자한 상태입니다."

"그런데요?"

"이 시장에서 미스터 노가 투자 자금을 뺀다는 것은 단 한가지를 뜻합니다. 그 주식의 폭락."

"아!"

안기부는 바로 알아들었다.

"그러니까 3년간 돈을 빼지 않는다."

"네."

주식이 널뛰기하더라도 노형진이 돈을 빼지 않는다면 사람들은 그 주식이 믿을 만하다고 생각할 것이다. 하지만 반대로 그가 주식을 뺀다면, 실제로는 주식이 멀쩡하더라도 사람들은 경계심을 가지고 주식을 팔 가능성이 높다.

"그건 곡물 기업의 입장에서는 반가운 게 아니거든요."

"그렇다고 그걸 가지고 거래해 주지 않는다고요?"

"노노노, 거래하지 않는 게 아니라 가능성을 진지하게 따지는 겁니다. 전혀 다르지요."

"네?"

"현재 남영사료는 반사회적 기업입니다. 현재 거래 중인 회사에서는 반사회적 기업임을 이유로 추가적 거래를 금지할 의사가 있다는 걸 공표할 겁니다. 그건 어려운 게 아니거든요. 미스터 노의 가치에 비하면요."

노형진은 물을 한 잔 마시고는 브라운의 말을 이어받았다.

"가뜩이나 주식시장이 떨어진 상황에서, 미국에서는 징벌적 손해배상이 들어갔다는 소식이 들리고 거래하던 기업에서는 거래 중지를 생각한다는 소식이 들린다면 어떻게 될까요?"

"그거야 남영사료의 주식은 휴지 조각이…… 아!"

그렇게 되면 다른 그 주식을 가지고 있는 사람들이 어떻게 해서든 남영사료를 살리려고 할 것이다. 지금까지는 돈만 주면 된다고 생각해서 쥐고 있었겠지만, 만일 남영사료가 사라진다면 그들이 가진 주식은 휴지 조각이 될 것이다.

"그럼 그들이 기업을 살리기 위해서는 어떻게 할까요?"

"그건 원인을 해결해야겠지요."

그리고 그 방법은 단 하나뿐이다.

"이게 제 최종적인 방법입니다."

"헐……."

안기부는 입을 쩍 벌렸다.

처음에 자신을 만나러 온 순간부터 지금까지 벌어진 모든 일이 마치 그림처럼 그려졌다. 그리고 최종장에 도착하니 터무니없는 결과가 나오고 있었다.

'이거…… 가능한 거야?'

그는 눈을 크게 떴다. 그럴 수밖에 없었다. 지금까지 단 한 번도 생각해 본 적이 없는 방법이었으니까.

"이런 말도 안 되는 스케일이……."

"뭐, 칭찬으로 듣지요."

노형진은 미소를 지었다. 이제 사람들이 다 모였으니 마지막 파티를 할 시간이었다.

⚖

"이…… 이게 무슨……?"

원기수는 자신에게 벌어진 일이 이해가 가지 않았다. 미국에서 자신에게 징벌적 손해배상을 청구한 것이다.

징벌적 손해배상까지 해서 무려 280억.

터무니없는 돈이다.

"이봐, 이게 가능해?"

그는 자신도 모르게 변호사에게 물어볼 수밖에 없었다. 그러자 그 변호사는 곤란한 표정이 되었다.

"일단…… 법적으로는…… 가능합니다."

"뭐라고?"

"미국의 국민이 명백하게 회장님의 범죄행위로 인해서 손해를 본 상황이어서…… 이론적으로는 가능하기는 한데……."

"뭐라고!"

"아직 확실하지는 않습니다. 이런 일은 처음이라……."

"그럼 결론이 날 때까지 얼마나 걸릴지 알 수 없단 말인가!"

"저희로서는……."

변호사는 고개를 푹 숙였다.

"죄송합니다."

아무리 그가 유능해도 이 부분에 대해서는 할 수 있는 게 없다.

"젠장!"

1심에서 2심, 그리고 2심에서 3심까지 결론이 나기 위해서는 몇 년이 걸릴지 알 수 없다. 그런데 자신들이 할 수 있는 게 없다니. 당장 회사의 주식은 사정없이 떨어지고 있는데 말이다.

"당장 미국으로 변호사를 파견해!"

"하지만 미국 변호사는 비싸서……."

"비싼 게 문제야? 한국에서는 5천만 원이면 해결할 수 있다고!"

하지만 진짜 미국의 관할권이 인정되면 이건 돌이킬 수 없게 된다. 이미 저지른 범죄를 은닉하기 위해서 회사의 힘을 이용한 것이기 때문에 이건 징벌적 배상을 피할 수 없다는 것이 법률학자들의 의견이었다.

'젠장……'

더군다나 문제는 징벌적 배상이 남영사료가 아닌 원기수와 그 가족에 대한 것이라는 것이다. 주식을 가진 기업이 아닌 그 운영진이 잘못한 것이기 때문이다.

'그럴 수는 없다.'

일반적으로 징벌적 배상의 금액은 수백억이다. 만일 이게 통과되면 치명적인 문제가 된다.

"당장 변호사를 보내!"

그렇게 고함을 지르는 원기수.

"회장님! 큰일 났습니다!"

그가 막 화내려고 하는 찰나였다. 갑자기 문이 벌컥 열리면서 부하 직원이 들어왔다.

"뭐야! 지금 내가 회의 중인 거 안 보여!"

소리를 버럭 지르는 원기수. 하지만 이미 얼굴이 파리하게 질린 부하 직원은 그걸 끝나기를 기다릴 정신이 없었다.

"에세코에서……"

"에서코? 에세코가 왜?"

에세코라는 말에 원기수는 예민하게 반응했다. 그럴 수밖에 없는 게 에세코는 자신의 회사에 원재료를 공급하는 세계적인 곡물 회사다. 그러니 예민하게 굴 수밖에 없었다.

"추가적인 거래에 대해서 계약을 해지할 수 있다는 발표를 했습니다."

"뭐? 아니, 어째서!"

"살인범이 운영하는 기업은 그다지 믿음이 가지 않다면서 거래에 대해서 확인을 좀 해 봐야겠다고……."

원기수는 자신도 모르게 다리가 후들후들 떨리기 시작했다.

"으…… 아……."

결국 버티지 못하고 소파로 주저앉은 원기수.

"회장님!"

"회장님!"

그들은 원기수에게 달려갔다.

원기수는 자신에게 벌어지는 일에 정신을 차릴 수가 없었다.

⚖

"아주 바닥이네. 바닥."

"진짜로 사실 겁니까?"

"사야지요."

노형진의 말에 결국 증권사 직원은 버튼을 눌렀다. 그리고 한숨을 쉬었다.

"왜요?"

"여기는 망해 가는 회사입니다."

"안 망하면 돈 버는 거 아닌가요?"

"그거야 그렇지만…… 이건 빼도 박도 못하는 상황이에요."

노형진은 오늘을 위해서 특별히 지금까지 거래하던 곳이 아닌 전혀 다른 곳을 통해서 주식을 사 모았다.

"뭐, 제가 봐서는 안 망할 것 같아서요. 그러니까 시장에 나오는 대로 다 사 주세요."

"하지만……."

"원래 남자는 한 방입니다."

"끄응……."

직원은 노형진은 말릴 수 없다는 사실을 알아차리고는 고개를 끄덕거렸다.

"자. 그럼 가 볼까?"

노형진은 바깥으로 나갔다. 거기에는 김광민과 안기부가 서서 기다리고 있었다.

"드디어 오늘이군요."

"네, 현재 시장에 나와 있는 모든 주식에 대해서는 매집이 끝났으니까 바로 움직이면 됩니다."

"꿀꺽……."

김광민은 침을 꿀꺽 삼켰다.

이것이 법이다

누구도 상대할 수 없을 거라 생각했던 재벌과의 싸움이었다. 그런데 단박에 이렇게 뒤집힐 거라고는 생각도 못 했다.

"긴장됩니까?"

"긴장요? 네……. 드디어 복수한다는 생각에 며칠째 잠도 못 잔 것 같습니다."

"오늘 밤부터 푹 주무시면 됩니다."

노형진은 그들을 데리고 차로 갔다.

그들이 모두 타자, 차에서 기다리던 직원은 바로 남영사료의 본사로 향했다.

오늘은 그곳에서 중요한 행사가 있었다. 바로 주주총회였다. 상황이 급박하게 돌아가기 시작하자 주주들이 모여서 회의하기로 한 것이다.

"여기……."

초청장을 보여 주고 안으로 들어가자 안쪽에서는 이미 시끌벅적하게 싸움이 계속되고 있었다.

"해결 방법을 찾으라고요! 해결 방법을!"

"현재 본사에서는 최선을 다해서 해결하기 위해서 노력 중입니다."

"노력? 노오력? 이 새끼야! 지금 주식이 얼마인 줄 알아? 5분의 1로 떨어졌어, 이 새끼야!"

"망하면 네가 책임질 거야!"

경악한 주주들. 그리고 진땀을 흘리는 운영 요원들.

'얼씨구.'

하지만 원기수는 그 와중에도 회장석에서 마치 주주들을 깔보는 듯한 시선으로 바라보고 있었다.

'그렇겠지.'

아무리 개미 주주들이 소리를 질러도 자신에게 손가락 하나 까딱하지 못한다는 걸 알고 있기 때문이다. 전형적인 재벌형 범죄자의 모습.

"해결책은 조속한 시일 내에 만들도록 하겠습니다."

말이 주주총회지, 그냥 무의미한 변명만을 하는 회사 쪽에 불만을 가진 사람들이 고함을 질러 대는 장소였다.

"어쩔 거냐고!"

"자, 자, 조용히 하시고!"

그런데 노형진은 나중에 도착한 주제에 그들보다 훨씬 크게 소리를 질러서 그들의 관심을 끌었다.

"넌 뭐야!"

"저요? 저, 주주입니다만?"

노형진을 위아래로 살피는 사람들.

원기수 역시 그런 노형진을 살피다가 얼굴을 찌푸렸다. 그 뒤에 서 있는 김광민을 발견한 것이다.

'그렇지. 김광민의 얼굴은 알지.'

지금까지 원기수가 김광민의 가족을 말려 죽이기 위해서 얼마나 노력했던가? 그러니 그 얼굴을 당연히 알 것이다.

"전 주주로서 새로운 안건을 제의하고자 합니다."

"뭐? 장난해?"

"장난이 아닌데요?"

"난데없이 와서 안건을 올리면 누가 받아 준대?"

몇몇이 적대적으로 말했다. 그들은 명백하게 원기수의 편일 것이다.

물론 일반적으로는 그렇다. 하지만 노형진이 그런 걸 모를리 없다.

"일반적으로 사전에 공지가 없더라도 출석 주식의 3분의 1이 동의하면 안건에 올릴 수 있다고 알고 있는데요?"

"그거야 그렇지. 그런데 네놈이 누군지 알고 안건을 올려 줘?"

공격적으로 나오는 그들을 보면서 노형진은 씩 웃었다.

"글쎄요. 유일하게 남은 살길이라고 할까요?"

"생로?"

노형진은 미리 브라운에게서 받아 온 서류를 그들에게 펼쳤다. 그들이 놀라면 극적인 모습이겠지만 애석하게도 그들은 그게 뭔지 알지 못했다. 다 영어로 되어 있었기 때문이다.

"이건 쉽게 말하자면 에세코사에서 온 공식 문서입니다. 현재거래하는 곳에 운영자가 문제인 만큼 그 운영자 문제가 해결된다면 기존에 계약 철회 건을 다시 생각해 보겠다는 겁니다."

"뭐라고!"

멀뚱하게 보고 있던 일반인들이 벌떡 일어났다. 지금 대비책이 없는 상황이다 보니 한 놈만 자르면 된다는 소식이 무척이나 충격적으로 다가왔던 것이다.

"그리고 다른 안건도 있죠."

"다른 안건?"

"네, 이번 소송에 우리 회사가 빠져야 한다는 겁니다."

"아니, 왜!"

"여기 소장 보신 분들 계십니까?"

주주들은 고개를 갸웃했다. 언론과 공식 발표에 의하면 자신들은 미국에서 소송당한 걸로 되어 있다. 그런데 소장이라니?

"못 봤는데……."

당연히 볼 리 없다. 하지만 노형진에게는 그 소장의 사본이 있었다.

있을 수밖에 없다. 다른 사람의 명의로 돌려서 했다뿐이지, 직접 벌인 일이니까.

"여기에 그 소장의 사본이 있지요."

원기수의 얼굴이 갑자기 새파랗게 질리기 시작했다. 그럴 수밖에 없었다. 자신이 말하지 않은 비밀이 그 안에 있기 때문이다.

"이 소장에 따르면 소송 당사자는 남영사료가 아니라 원기수뿐입니다."

"뭐라고!"

"그게 무슨 소리야!"

"말 그대로입니다. 이 손해배상 소송은 원기수 개인에게 걸린 겁니다. 사실 그게 맞죠. 원기수가 가족의 범죄행위의 은폐와 편익을 위해서 기업을 망가트린 거지, 기업 자체에서 뭔가를 한 건 아니니까요."

"그러니까 그게 무슨 소리요!"

사람들은 노형진에게 몰려가기 시작했다. 자신들이 듣지 못한 것을 알고 있다는 것만으로도 그가 중요한 사람이라는 걸 알아챈 것이다.

"미국에서 이 사건을 해결하기 위해서는 못해도 20억 이상의 변호사 비용이 필요합니다. 그런데 이 사건의 당사자는 원기수 현 회장이니 우리가 이 사람의 개인 사건 비용을 낼 필요가 없습니다. 더군다나 비용을 함께 내줬다가 지기라도 하면 우리가 수백억에 달하는 손해배상 비용을 대신 물어내야 합니다. 따라서 이 사건의 비용은 반드시 원기수 현 회장이 내야 합니다."

"뭐라고?"

"뭐야! 왜 말을 안 한 거야?"

노형진이 생각지도 못한 말을 하자 다들 어이가 없어서 원기수를 노려봤다.

물론 원기수는 말할 이유가 없었다. 자신의 돈을 들이지 않고 사건을 해결하고 싶었으니까.

"결국 이 모든 게 원기수 회장만 퇴출시키면 되는 겁니다."

"무슨 말도 안 되는 헛소리야!"

"회장님을 지켜야지, 이 새끼들아!"

"배신자!"

발끈하는 몇몇과 대조적으로 군소 주주들은 노형진 쪽으로 몰려들었다. 그럴 수밖에 없는 게 모든 게 다 원기수 때문이라면 그만 물러나게 만들면 되기 때문이다.

"난 찬성이오!"

누군가 벌떡 일어나서 소리를 질렀다.

"회장의 잘못 때문에 우리가 망할 수 없지 않소! 난 원기수 회장 해임안 회부에 찬성하오!"

"나도!"

"나도 찬성하겠소!"

여기저기서 들리는 목소리. 그리고 그 목소리를 들은 원기수는 얼굴이 사정없이 일그러졌다.

"흥! 그래 봤자 너희들이 어쩔 건데!"

하지만 원기수는 자신이 이길 자신이 있었다.

"어차피 너희들은 개미 아냐? 개미는 주식시장에서 버려지야! 그런 너희들이 뭘 어쩔 건데!"

"크윽……."

아무리 개인이 돈이 많아도 기업보다 많기는 힘들다. 당연히 이런 주주총회에서 가장 주식을 많이 가진 곳은 다 기업이다. 특히 은행이나 투자회사들. 그리고 그들은 오랜 커넥션 덕분에 원기수 회장의 든든한 아군이었다.

"경비원, 쫓아내!"

결국 아주 자기 마음대로 하겠다고 개미 주주들을 쫓아내려고 하는 원기수.

노형진은 경비원이 들어오자 손을 들어서 멈춰 세웠다.

"기업 주주들이 당신 편을 들어 줄 거라 생각하는 모양인데, 의견은 들어 봤습니까?"

"뭐?"

"의견은 들어 봤냐고요."

"그게 무슨……?"

"여기서 지금 말한 사본을 주요 기업 주주들의 본사로 미리 보내 놨죠. 지금쯤 그쪽에서 방향이 잡혔을 텐데 여기 기업 대리로 오신 분들, 거기에 전화해서 한번 확인해 보실래요? 뭐, 본인이 책임지고 저쪽을 편드실 수도 있지만 그랬다가 일이 틀어지면 어떻게 되는지 아시죠?"

기업 주주들의 대리인들은 웅성거리기 시작했다.

"그건 그런데……."

"이건……."

자신들이 봐도 이 상황에서는 원기수가 해직당하는 게 맞다. 그런 만큼 본사에 확인해 보는 게 좋았다.

물론 원기수와 친하고 그들에게 많은 대접을 받기는 했지만 잘못 그에게 편들었다가는 자신들의 목이 날아갈 수도 있는 일이기 때문이다.

"자…… 잠깐……! 그럴 수는 없습니다! 제가 여러분에게 얼마나 잘해 줬는데……!"

원기수는 다급하게 그들을 말리려고 했지만 그런다고 그들이 전화하는 걸 말릴 수는 없었다.

"네네……."

그중 첫 번째 사람이 전화를 끊자 사람들의 시선이 그에게 향했다.

"우리 로빅 투자에서는……."

그는 심각한 얼굴로 원기수를 바라보다가 한숨을 쉬면서 다음 말을 힘겹게 꺼냈다.

"전기수 회장에 대한 해임안 표결에 찬성합니다."

"나이스!"

"만세!"

여기저기서 터져 나오는 환호성. 그사이에서 대리인들의 통화가 천천히 끝나 갔다.

원기수 회장, 회장직 상실

신임 회장, 원기수 전 회장 횡령 혐의로 고발

원기수 회장, 개인 사건의 책임을 기업에 떠넘기려 해

남영의 기사회생. 에세코사, 계약 사항 그대로 이행하기로 해……

남영, 주가 급등

수많은 뉴스들이 나왔지만 노형진이 가장 마음에 드는 것은 바로 원기수가 잡혀가는 장면이었다.

구속되는 원기수 회장

원래 역사에서도 그는 엄청난 금액을 횡령했다. 하지만 회장직에 있었기 때문에 그걸 무마하는 데 성공했다. 그러나 이번에는 회장직을 상실하고 난 후에 횡령이 터지는 바람에 제대로 저항도 하지 못하고 끌려가게 된 것이다.

"일단 원기수 회장의 자산에 대해서는 모두 동결 처리가 되었습니다."

원기수의 재산은 회사에서 가압류했을 뿐만 아니라 미국 법원에서 가압류를 요청해서 결국 전 재산을 압류당했다.

"아마도 미국에서는 징벌적 손해배상을 인정할 눈치입니다."

"그런가요?"

"네, 미국인들이 자기네 이득에 대해서는 무척이나 철저하거든요."

노형진은 씩 웃었다.

"원기수는 더 이상 재기하지 못할 겁니다."

그가 범죄를 저지른 것을 이유로 그의 주식을 모조리 압류한 데다가 재산을 미국 정부에서 압류하는 바람에 그는 말 그대로 빈털터리가 되어 버렸다.

"한국에서 재기하기 위해서는 돈이 있어야 하지요."

물론 가끔 좋은 사람일 때는 다른 사람들이 도와주지만 그것도 어느 정도다. 더군다나 원기수는 좋은 사람도 아니다.

"윤영자는 차라리 죽여 달라고 빈다고 하더군요."

"그렇습니까?"

돈과 권력을 잃어버린 윤영자는 바로 개인실에서 공동실로 쫓겨 갔다. 정치인들이 더 이상 받을 게 없는데 그녀를 지켜 줄 이유가 없었던 것이다.

"결국은 자업자득이죠."

멋모르고 그곳에 가서 다른 죄수들을 노예처럼 부리려고 하다가 된통 당한 후 도리어 자신이 노예가 되어서 그들의 양말과 속옷 등을 대신 빨아 주면서 살고 있다고 한다.

"감사합니다……. 크흑…… 이 은혜를 어떻게 갚을지……."

김광민은 눈물이 가득했다. 자신은 절대 할 수 없었던 복수를 완벽하게 성공시킨 것이다.

"안 갚으셔도 됩니다. 전 이미 받았거든요."

"그게 무슨 말씀이십니까?"

"원기수한테 징벌적 손해배상을 청구한 게 누구인지 잊으셨습니까?"

"아!"

징벌적 손해배상을 청구한 곳은 노형진이 미국에 세운 회사. 그러니 미국에서 징벌적 손해배상을 인정해서 원기수의 돈을 가지고 오면 그 돈은 노형진의 것이 되는 셈이다.

"못해도 120억은 나올 거라 생각합니다. 솔직히 지금까지 사건과 다르게 들어간 돈에 비해 짭짤하게 많이 남은 사건이네요."

노형진은 손가락을 부비면서 씩 웃었다.

처음에는 투자 비용이 좀 많이 들어갔지만 원기수를 자르기 위해서 구입한 주식이 그를 자르고 나자 급상승해서 무려 다섯 배의 시세 차익이 생긴 데다가 징벌적 배상까지 있으니 상당히 많이 남은 셈이었다.

"이런 사건이 많으면 좋겠습니다, 하하하."

노형진은 미소를 보이면서 김광민의 어깨를 두들겼다.

"이제 부모님을 잘 챙기세요. 돌아가신 동생분은 아마 그걸 원하실 겁니다."

"그럴 겁니다."

김광민은 눈물을 흘리면서 고개를 끄덕거렸다. 하지만 속이 완전히 시원한 얼굴은 아니었다.

"왜 그러십니까?"

"복수하면…… 속이 시원할 거라고 생각했습니다……. 그런데……."

"공허하죠."

조용히 고개를 끄덕거리는 김광민.

노형진은 그런 그의 어깨를 다독거렸다.

　　"원래 그런 겁니다. 그래서 어떤 사람은 복수가 부질없다고 하지요."

　　"……."

　　"하지만 말입니다, 복수는 해야 합니다. 공허하고 힘들어 하기도 해야 하지요."

　　"어째서요?"

　　"그래야 누구도 똑같은 짓을 안 당하니까요. 복수가 부질없어서 아무것도 하지 않는다면 그들은 언제나 그 자리에서 사람들에게 똑같은 짓을 할 겁니다."

　　"그런가요……."

　　"복수는 자신을 위한 게 아닙니다. 다시 생길지 모르는 다른 희생자들을 위한 거지요."

　　김광민은 멍하니 하늘을 바라보았다.

　　"물론 법적으로 개인적 복수는 허용되지 않지요. 하지만 할 수 있는 한도 내에서는 해야 합니다."

　　그러면서 노형진은 함께 하늘을 바라보았다.

　　"그게 이미 떠난 사람을 위한 추모의 방식이니까요."

　　'그리고 그 복수가 우리 변호사가 존재하는 이유지.'

　　노형진은 그렇게 하늘을 보면서 마음을 다잡았다.

이것이 법이다

인권 주의자 나부랭이

"노 변호사."

"네?"

"나를 좀 도와줄 수 있겠나?"

노형진은 고개를 갸웃했다.

서승진 변호사는 같은 새론의 변호사이기는 하지만 자신과는 조금 다른 변호사다. 그는 인권 변호사로 인권 사건을 주로 한다.

"도와 드려야 할 일이 있나요?"

"그래, 솔직히 말해서 도움이 좀 필요하네."

"요즘 들어온 인권 사건 중에 좀 어려운 게 있나요?"

"그건 아닐세."

"그럼요?"

"좀 조용한 곳에서 이야기했으면 하는데."

노형진은 고개를 끄덕거리고 그를 따라서 그의 사무실로 향했다.

그는 들어가서 맞은편에 앉은 노형진에게 향긋한 차 한 잔을 내놓았다.

"자스민 차라네. 마음을 진정시키는 데에 좋지."

"감사히 먹겠습니다."

노형진은 그걸 조심스럽게 먹으면서 과연 서승진 변호사가 자신에게 요청할 만한 것이 뭔지 곰곰이 생각했다.

"무슨 일이십니까."

"내가 이러면 곤란한 입장이라서 말이지."

"곤란한 입장요?"

"그래. 하지만 내가 봐도 너무 도를 넘어서 그냥 넘어갈 수가 없는 상황일세."

"무슨 일이십니까?"

"얼마 전에 있던 부산 폭행 사건 기억나지?"

"아, 기억나죠."

부산에서 의대생 네 명이 휴가 온 일가족을 폭행하는 사건이 터졌다. 그 의대생 네 명도 서울에 있는 의대를 다니던 중 부산으로 휴가를 온 처지였는데, 그곳에서 술을 마시다가 사소한 시비가 붙어 사건을 일으킨 것이었다.

"그 사건 때문에 말이야."

"그거요? 그건 서승진 변호사님의 사건도 아니잖습니까? 애초에 인권 사건도 아니고요."

노형진은 고개를 갸웃했다. 심지어 그 사건은 자신들이 담당한 것도 아니다. 다른 곳에서 담당한 사건이라 자신들과는 아무런 관련이 없다.

"그런데 그걸 도와 달라고요? 혹시 그 가해자 쪽과 아시는 사이인가요?"

"그건 아닐세."

"그럼 피해자 쪽?"

"그쪽도 몰라."

"네? 그럼 뭘 도와 달라고 하시는 건지?"

보통은 한쪽을 알고 있어서 그쪽을 도와 달라고 하는 것이 보통이었다. 그런데 그 말을 하는 서승진은 표정이 그다지 좋지 못했다.

"내가 도와 달라는 건 가해자도, 피해자도 아닐세. 이런 말 하면 그렇지만……."

그는 잠시 침묵을 지키면서 차를 마시더니 힘겹게 입을 열었다.

"그 사건에 끼어드는 파리들을 좀 처리해 달라는 거네."

"파리요? 무슨 파리요?"

"인권 주의자 나부랭이들 말일세."

"네에?"

노형진은 자신의 귀를 의심했다. 그럴 수밖에 없는 게 서승진이 누군가? 그는 대한민국에서 모든 사람들이 존경해 마지않는 유명한 인권 변호사이다. 그런데 인권 변호사 나부랭이라니?

'그래서 다른 사람들이 없는 곳에서 말하자고 하신 건가?'

이렇게 말할 정도면 상당히 기분 나쁜 일이 있다고 볼 수 있었기 때문에 일단은 노형진은 자세히 묻기로 했다.

"인권 변호사이시잖습니까?"

"그렇지. 난 인권 변호사지."

"설마 인권은 지킬 만한 사람에게만 지켜야 한다 그런 건가요? 원래 그런 타입이 아니셨잖습니까?"

노형진과 서승진이 유일하게 부딪히는 것.

그건 노형진은 범죄자에게 인권 따위란 사치라고 생각하는 반면 서승진은 범죄자라고 해도 인권을 지켜져야 한다고 생각한다는 점이다. 그런 그가 갑자기 자기 생각을 바꿀 리 없다.

"그게 아닐세……. 후우, 이거 우리 치부를 드러내는 거 아닌지 모르겠지만 말이야……. 인권 주의자들도 두 가지 타입이 있지."

"모든 것들이 다 그렇지 않나요?"

"그래. 그렇기는 하지만…… 이 경우는 좀 복잡하네."

서승진은 현재 인권 주의자들에 대해서 설명하기 시작했다.

첫 번째는 서승진 같은 유형이다.

이 유형은 인권은 절대적이며 누구도 건드려서 안 된다고 생각하며, 국가의 압력이나 탄압 속에서도 버틴다.

"두 번째는 이슈형이지."

"끄응……."

노형진은 신음 소리를 냈다. 그게 뭔지 알기 때문이다.

이슈형이란 유명세를 쫓아서 사건을 따라다니는 녀석들이다. 그 녀석들은 진짜 인권을 위해서 싸우는 게 아니라 자기들이 유명해질 수 있는 사건을 쫓아다닌다. 그리고 대부분 정치를 목적으로 하는 경향이 강하다.

"사실은 골치 아픈 여자가 한 명이 있네. 인권 운동가이기는 한데…… 이슈형이야, 그것도 아주 심각한."

"심각하다니요?"

"가해자 인권에 기괴하다 할 정도로 집착해."

"헐?"

"그 과정에서 피해자에게 추가 피해가 발생해도 관심도 안 가지지. 내가 어지간하면 그냥 두겠는데 이 여자는 진짜 두고 볼 수가 없어서 말이야."

서승진의 말에 노형진은 기가 막혔다.

서승진이 어떤 사람인가? 그는 인권 변호사계의 대부이다. 그런 사람이 두고 볼 수가 없을 정도라니?

"무슨 짓을 저질렀습니까?"

"저질렀다면 저질렀지. 이 여자가 피해자 가족들이 있는 병원에 수시로 들락날락하면서 용서를 강요한다네."

"용서요?"

"그래. 내가 아무리 인권 변호사라고 하지만 용서는 피해자의 권리일세. 그런데 이 여자는 그렇게 생각하지 않더군."

이야기를 들어 보니 기가 막혀서 말이 안 나올 지경이었다.

그들은 가해자다. 하지만 제대로 사과조차 하지 않았다. 당연히 처벌받아야 한다. 그런데 이변이 생겼다.

"그런데 생각지도 못하게 그녀가 끼어든 걸세."

"아니, 왜요?"

이건 그냥 두면 적당히 처벌받을 사항이다. 일단 집단 폭행에 미성년자와 여성이 끼어 있는 가족을 폭행했으니 그냥 넘어갈 수는 없는 사건인 것이다. 그런데 난데없이 인권 변호사라니?

"이슈를 탔잖나."

"그렇지요?"

"그러니까 그게 문제인 거지."

"허."

이슈를 타면서 언론에 이름을 한 자라도 올리려고 하는 사람들이 그쪽으로 몰려들기 시작했다는 것이다.

"정아진이라는 이 여자도 그런 타입이야."

이슈만 따라다니면서 이름을 알리고자 집착하는 타입.

공부는 잘해서 변호사가 되기는 했지만 이슈만 쫓는 그런 타입.

"얼마 전에 그 피해자 가족들이 입원해 있는 입원실로 들이닥쳤다고 하더군."

"그래서요?"

"세상이 무슨 세상인데 아직도 용서를 안 하냐고. 세상은 용서로 아름다워진다면서 합의서에 사인하라고 윽박질렀다네."

"윽박?"

"네."

"그 가해자들이 사과했습니까?"

"아니."

그런 경우는 합의할 이유가 없다. 애초에 상대방이 사과의 의사가 없는데 합의할 이유가 없지 않은가?

"하지만 정아진은 그렇게 생각하지 않는가 봐."

병원에 시도 때도 없이 들이닥쳐서 합의를 요구하고, 나중에는 그 피해자의 가족들이 화가 나서 병원에 항의해서 병원에서 출입을 막자 기자들까지 동원해서 그 가족들이 터무니없는 합의금 장사를 한다고 주장하면서 피해자들에게 정신적인 상처를 주고 있다고 한다.

"합의금이 너무 많다는 거지."

"얼마나 요구했는데요?"

"3천만 원."

"많은 건 아닌데요?"

"하지만 사람들은 조금 다친 것 가지고 돈 욕심을 부린다고 하고 있네."

"미친 거 아닙니까? 폭행은 의료보험이 안 되잖아요?"

"그러니까 문제야."

사람들이 그렇게 생각할 수밖에 없는 게, 우리나라의 병원 의료보험 체계의 구조가 잘되어 있긴 하지만 허점도 있기 때문이다.

대한민국에서 의료보험은 상당히 폭 넓게 인정된다. 그래서 어지간하면 보험 대상으로 처리된다. 그러면 상당히 싼 가격에 진료를 받을 수 있다.

그런데 문제는 이러한 폭행 사건의 경우 기본적으로 그 의료보험 대상이 아니라는 것이다. 당연히 그 비용을 모두 피해자, 또는 가해자가 제출해야 한다. 그런데 한 명도 아닌 네 명이다. 당장 CT나 MRI 같은 진단에 필요한 장비만으로 조금 찍어도 네 명이면 수백만 원이 넘게 나온다. 보험이 안 되기 때문이다.

당연히 피해자의 입장에서는 자신이 맞은 건데 직접 낼 수 없으니 상대방에게 내라고 할 수밖에 없다.

"그 정도면 무척 싸게 요구한 건데요?"

"그렇지."

일가족, 그것도 미성년자가 두 명이나 있는 일가족을 구타하고 보상금 3천만 원만 내면 되는 거라면 진짜 피해자들이 많이 봐준 거다. 그런 경우 검사비와 여러 가지 비용을 합하면 2천은 넘게 나오는 경우가 다반사이기 때문이다.

"그런데 그걸 가지고 돈독이 올랐네 어쩌네 하면서 아주 피해자들을 개쌍놈을 만들고 있네."

"기가 막히는군요. 그런 여자가 어떻게 인권 변호사가 되었답니까?"

"인권 변호사겠나? 인권 운동가야, 자칭. 인권 변호사라면 이게 보험 처리가 안 된다는 것쯤은 알 거야."

결국 제대로 알지도 못하면서 인권 운동한답시고 가해자의 편을 들어 주는 사람인 것이다.

"제가 가장 싫어하는 사람이군요."

"싫어하는 사람?"

"네, 전 그런 타입을 진짜로 싫어합니다. 제대로 알지도 못하면서 이름만 알리려고 결국 2차 피해를 만들거든요."

인권은 중요하다. 하지만 아무리 인권이 중요해도 우선순위가 있다. 그런데 상당수의 인권 주의자들이 그 우선순위를 잘못 생각한다.

"아니, 생각해 보십시오. 당연히 피해자가 우선이지, 가해자가 우선입니까?"

"맞네. 내가 오죽하면 자네한테 이런 부탁을 하겠나? 그런 여자들 때문에 우리같이 제대로 인권 운동을 하는 사람들이 욕을 먹는 걸세."

그들은 교도소에 들어갔다는 것만으로도 범죄자들을 인권 피해자로 규정하고 그들을 돕기 위해서 노력한다. 당연히 그 과정에서 피해자에게 생기는 2차 피해에는 관심도 없다.

"확실히 열 받는 사건이기는 하네요. 하지만 그렇다고 제가 무조건 도울 수는 없습니다. 아시잖습니까?"

"끄응……."

노형진은 변호사다. 의뢰도 없이 그냥 사건을 진행할 수는 없다.

"내가 의뢰하면 안 되겠나?"

"서승진 변호사님도 정식으로 그 사건과 관련된 분이 아니니 아무래도……."

"하아…… 저 여자를 어찌할꼬……."

서승진은 암담한 얼굴이 되었다.

지금도 피해자들을 괴롭히면서 가해자들을 용서하라고 게거품을 물고 있는 그녀다. 그리고 그녀를 추종하는 몇몇 사람들이 범죄자의 인권도 보장하라면서 당장 병원에서 팻말을 들고 시위를 하고 있는 상황이다.

"피해자분들에게 이야기해서 고용해 달라고 하시면 되지 않습니까?"

"그럴 수가 없네."

"그럴 수가 없다니요? 돈 때문에 그렇습니까? 일단은 하고 후불로 받아도 됩니다. 어차피 소송을 통해서 그걸 받아 내야 하니까요."

"그게 문제가 아니야. 돈이 문제라면 내가 고용하겠다고 안 하지."

"그럼요?"

"그 사건 피해자들은 그 여자하고 전혀 상관없다는 거야."

"아!"

그 여자는 인권 운동가로서 찾아가고 있지만 그 가족들은 엄밀하게 말하면 그 여자와 아무런 관련이 없다.

"피해자들이 그 여자에 대해 할 수 있는 법적인 대응은 기껏해야 접근 금지 정도일 걸세."

"그리고 그런 타입은 그런 게 나오면 인권을 탄압한다고 더 게거품을 물고 난리를 치는 타입이지요."

"그렇지."

자신들의 실수는 인정하지 않고 오로지 남만 탓한다. 그러는 주제에 인권을 지킨답시고 오로지 가해자만 찾아다닌다.

"도대체 피해자 인권은 어떻게 생각한답니까?"

"자기 말고도 지켜 줄 사람 많다고 하더군."

"네? 진짜 그랬다고요?"

"그렇다네. 내가 말로 설득 안 해 봤겠나. 하지만 그렇게 이야기하더군."

서승진 변호사는 그래도 인권 운동가이자 인권 변호사로서 새로이 시작하는 인권 운동가인 그녀에게 제대로 된 방향을 알려 주고 싶어서 찾아갔다고 한다.

　하지만 그녀는 서승진 변호사를 무슨 기득권의 추악한 면만 가진 변호사로 매도하면서 피해자 인권은 자기 말고도 챙겨 줄 곳이 많으니 자신은 소외받는 가해자와 재소자 인권에 집중하겠다고 했다는 것이다.

　'소외? 웃기고 자빠졌네.'

　노형진은 비웃음이 절로 나왔다.

　물론 소외받는 사람도 있다. 문제는 그 소외받는 사람들은 피해자들이지, 가해자들이 아니라는 것이다.

　그들에게는 인권 변호사뿐만 아니라 개인 변호사도 있으며, 교도소 내부에서 인권 침해가 발생할 경우 고소 · 고발할 수 있는 시스템도 완벽하게 갖춰져 있다.

　하지만 피해자들은 대한민국에서 정작 어떠한 보상도 못 받는다. 형사 단계에서도 철저하게 소외당할 뿐만 아니라 도리어 합의서를 안 써 주면 온갖 욕을 다 먹는다.

　"그들은 인권 운동가가 아니야. 내가 인정 못 하네."

　"동감입니다."

　노형진은 문득 회귀 전에 봤던 영화가 생각났다.

　거기서도 피해자들의 고통이 그대로 드러났다. 가해자면서도 미성년자라는 이유로 낮은 형량을 받은 범죄자들. 그리고 사과도 하지 않는 그들과 그들의 가족.

하지만 그들을 괴롭히는 것은 그들만이 아니었다. 용서를 강요하는 주변의 시선도 있었다.

어린애들이 몰라서 그럴 수도 있는 거 아니냐면서 용서를 강요하는 사람들. 피해자들의 고통을 나 몰라라 하는 정부.

결국 그 피해자의 가족들은 그들의 강압에 못 이겨서 강제로 용서하고 합의서를 써 준다.

그리고 1년 후, 그 범인들은 뉘우치지도, 반성도 하지 않은 채로 교도소에서 나온다. 그리고 사람을 죽인다.

첫 번째는 사고였지만 두 번째는 고의였다.

두 번째 피해자의 가족들은 그들이 용서하지 않았다면 자신들의 아이들은 살았을 거라며 첫 번째 가족들을 탓했고, 그들이 반성할 거라 기대했던 피해자의 가족들은 그들이 나오자마자 바뀐 것 없이 행동하는 것을 보고 자신들의 용서가 무의미한 일이었다는 것을 알게 된다.

결국 그 영화에서 피해자의 부모 중 어머니는 그렇게 용서라는 이름으로 자신의 자식을 팔아먹었다는 자괴감에 자살하고, 아버지는 한국을 등지는 것으로 끝났다.

'그게 진짜 격하게 공감이 갔지.'

우리나라는 '착한 마음 증후군'이라도 있는 건지 아니면 미친 건지, 자기 사건이 아니면서 끊임없이 용서하라고 강요한다.

상식적으로 용서란 자신이 내면에서 용서한다는 마음이

들어야 할 수 있는 것이지, 누군가 강제로 한다고 할 수 있는 것이 아니다. 그런데 영화도 그렇고 현실도 그렇고 사람들은 용서만 하면 편해진다며 자기 사건이 아니라고 용서를 너무 쉽게 강요한다.

"그 때문에 그 여자를 막을 방법을 찾고 있었네."

"이런 문제가 그 여자만은 아닐 텐데요?"

"그건 사실이지."

서승진은 고개를 끄덕거렸다.

"이런 문제는 오랫동안 있어 왔네. 우리로서도 그 해결 방법을 찾지 못했고. 물론 과거에는 확실히 이런 사람들도 필요했네. 그때는 감옥에 가서 두들겨 맞고 고문당해 죽어서 나와도 이상할 게 없던 시대니까. 하지만 지금은 아니지 않은가?"

지금의 감옥은 감옥이 아니다. 지금의 감옥은 내부에 매점도 있고, 배식도 군대나 고아원 같은 곳들보다 훨씬 영양가 높게 나온다. 심지어 외부에 학교에서 나오는 것보다 훨씬 좋다.

시설이 좋은 교도소는 내부에 비디오방이나 피시방, 음악 감상실도 있고 방에 침대도 있다. 과거처럼 고통받고 당장 죽어도 이상할 것이 없는 장소가 아닌 것이다.

"시대가 바뀌면 인권의 대상도 바뀌어야 하네. 과거에는 확실히 들어가서 벌을 받고 갱생되어서 나와야 하니 인권의 보호를 받아야 했지. 하지만 지금은 그런 시대가 아니지 않은가? 도리어 피해자들이 더 인권 침해를 받고 있네."

"맞습니다."

"하지만 그런 녀석들은 도무지 말로 안 돼. 오로지 가해자의 인권에만 매달리네. 인권 변호사로서 그들에게 아무리 말해도 의미가 없네."

물론 아예 모든 관심을 끊어 버리면 안 된다. 그러면 감옥은 다시 과거로 돌아갈 수도 있다. 하지만 지금은 더 나아지는 게 아니라 그 수준을 유지하는 정도가 최선이다.

'감옥이 이것보다 더 좋아지면 그건 감옥이 아니라 휴양이겠지.'

지금도 좋은 곳은 휴양지라는 소리를 듣고 있는데 말이다.

"그래서 그 녀석을 막을 방법을 저에게 물어보시는 거군요."

"염치가 없지만 그래야 했네."

그들을 막을 방법은 기존의 인권 변호사들은 결국 찾지 못한 것이다.

"글쎄요……. 이건 상당히 힘든 문제인데요."

상대방은 범죄자도, 무슨 재벌가나 사회적 지탄을 받아야 하는 자들도 아니다. 일단은 인권 주의자들이고 사회에 필요한 자들이기는 하다. 문제는 그 방향이 아주 잘못되었다는 것.

"한번 새론에서 이야기해 보죠."

"새론에서 말인가? 이건 돈이 될 만한 사건도 아닌데?"

"돈이 될 만한 사건을 찾는 거라면 새론에서 인권 팀을 만들지 않았을 겁니다."

서승진은 고개를 끄덕거렸다.

확실히 인권 팀에는 돈과는 관련이 없는 부분이 있었다.

"잘못된 선택은 최악을 낳는 법입니다. 그리고 그걸 막기 위해서는 사전에 준비해야 할지도 모르지요."

노형진은 일단 이 일을 안건으로 올리기로 결정했다.

⚖️

"이건 완전 골 때리는 사건인데?"

송정한은 상당히 곤혹스러운 표정이었다.

"사건의 실체조차도 없지 않나?"

"그렇지요."

강간이면 강간, 폭행이면 폭행, 사기면 사기 등 뭐든 있어야 소송을 할 수 있다. 그런데 이건 사회운동이다. 물론 그 방향을 아주 잘못 잡은 운동이기는 하지만 말이다.

"와, 그런 인간들이 있어요? 기가 막히네요. 아니, 그런 인간들을 왜 그냥 둔대요?"

무태식은 그런 사람들이 있는지 몰랐다는 듯 질렸다는 표정이 되었다.

"아무래도 그들은 이슈화된 사건만 따라다니면서 분란을

일으키니까요."

"아니, 왜요?"

"웃긴 건데 그렇게 해야 인권이 좀 더 나아진다고 생각합니다."

"인권이 좀 더 나아진다?"

"네. 쉽게 말해서 이거죠. 널리 알려진 사건을 인권 탄압의 사례로 올리면 사람들은 지금 교도소가 얼마나 열악한지 알아줄 거라는 거죠."

"열악? 뭐, 호텔에 교도소를 만들어 주기라도 하랍니까?"

한국의 교도소는 다른 나라의 교도소에 비하면 초호화판이라고 할 수 있을 수준이다. 그런데 열악하다니?

"그러니까 문제네, 무 변호사."

서승진은 미안한 듯 중얼거렸다.

하긴, 자신은 노형진의 아이디어를 빌리는 정도로만 생각했지, 이렇게 회사 차원으로 일이 커질 거라고는 생각도 못했기 때문이다.

"그런데 그런 사람들이 그렇게 사건에 끼어드는 것을 주변에서 인정합니까?"

손예은 변호사는 고개를 갸웃했다.

그런 사람들이 사건에 끼어들면 당연히 일이 복잡해진다. 그런 만큼 주변에서 꺼릴 수밖에 없기 때문이다.

"뭐, 일단은 검찰이나 피해자 가족들은 싫어하죠. 하지만 가해자들은 도리어 적극적으로 그들을 찾는 편입니다."

"왜요?"

"피해자 코스프레 하기는 좋거든요."

"아아……."

피해자 코스프레란 말 그대로 가해자가 자기는 피해자라고 우기는 것을 말한다. 대표적인 예가 어떤 사건을 저지르고는 그 책임이 자신이 제대로 자라지 못하게 방치한 사회에 있다고 말하는 것이다.

"물론 사회적인 책임도 있습니다. 하지만 똑같은 상황에서 판검사가 되는 사람도 많습니다. 결국은 자기 책임을 전가하기 위해서 뻥치는 거죠."

그리고 그들이 가장 선호하는 것은 인권 운동가들이다. 그들은 자신들이 인권 탄압을 받았다고 하면 피해자와는 상관없이 자신들을 위해 최선을 다해서 노력하기 때문이다.

"결과적으로 그들의 행동은 인권 운동가들의 이미지만 안 좋게 만들 뿐입니다."

실제로 대한민국에서는 최근 몇 년 동안 인권 운동에 대한 이미지가 안 좋아지고 있었다.

물론 정부에서는 인권 운동의 이미지를 안 좋게 하려고 작업한 것도 있다. 어떤 정부든 간에 인권 운동이 격렬한 것은 부담되니까.

하지만 이런 식으로 인권을 꼭 챙겨 줘야 하는 사람들이

아닌 전통적으로 인권 탄압이 벌어진다고 의심되는 사례에
만 매달려 관련자들의 이권을 챙겨 주는 결과를 낳아 인권
운동에 대한 인식을 부정적으로 바꾸는 데에 한몫한 것 또한
사실이었다.

"그러면 그걸 막으려면 어떻게 해야 합니까? 솔직히 전 모
르겠습니다."

손예은도 한참 고민하다가 고개를 흔들었다.

"송 대표님이 말씀하셨다시피 이건 사건도 없고 실체도 없
습니다. 그렇다고 우리가 찾아가서 설득한다고 바뀔 만한 사
람들도 아니고요."

"우리가 설득을 안 해 봤겠나? 하지만 그들은 관심도 없었네."

손예은의 말에 서승진은 고개를 절레절레 흔들었다.

"이봐, 노 변호사. 자네는 어떻게 생각하나?"

송정한은 한참 침묵을 지키다가 노형진을 바라보았다.

"어? 저요?"

"그럼 자네 말고 누가 있나? 솔직히 이런 사건은 우리가
아무리 머리를 굴려도 길이 안 보이네. 일단 적용되는 법조
라도 들고 와야 하지. 이건 뭐……."

설사 법을 들이민다고 해도 인권 운동가들은 그다지 신경
쓰지 않는다. 법을 두려워하면 인권 운동을 하지 못하기 때
문이다.

"설사 법적으로 한다고 해도 그들은 물러나지 않을 겁니

다. 그들은 자신들이 올바른 일을 하고 있다는 신념을 가지고 있거든요."

"그렇기는 하지……."

신념을 가지지 않은 사람은 어지간해서는 꺾이지 않는다. 이게 좋은 쪽이라면 문제가 없는데, 그 신념이 잘못된 거라면 이때는 골 때리는 상황이 된다. 마치 지금처럼 말이다.

"노 변호사는 어떻게 했으면 좋겠나?"

"글쎄요……."

"역지사지로 생각해 보라고 하면 안 될까요?"

손예은은 혹시나 말로 해결할 수 있지 않을까 하는 생각을 한 듯했지만 노형진은 그 부분에 대해서는 좀 부정적이었다.

"일단 역지사지라는 말은 의미가 없다고 보입니다."

"의미가 없다고요?"

"네. 역지사지란 말 그대로 상대방의 입장에서 생각해 보라는 건데, 애초에 저쪽에서 죄수의 입장을 역지사지로 생각해 보라고 하면 어쩔 겁니까?"

"아……."

"그리고 사람은 아무리 공감 능력이 강하다고 해도 절대 완벽하게 공감하지 못합니다."

"……."

"그런 게 통할 인간이었다면 서승진 변호사님의 설득에 벌써 넘어왔겠지요."

노형진은 서승진을 보면서 말했고 그 시선을 받은 서승진은 고개를 끄덕거렸다.

"맞네. 그들은 이미 자신들이 올바른 일을 한다는 신념에 빠져 있네. 말이 안 통해."

그들이 생각하기에 죄수들은 누구에게도 관심을 받지 못하고 홀로 버려지는 사람들이었다. 그에 반해서 희생자들이나 유가족은 자유로운 바깥에 있기 때문에 누구든 도와줄 수 있다고 생각한다. 문제는 현실은 정반대라는 것이다.

"사람들의 고정관념은 생각보다 강합니다. 그걸 뒤집는 것은 상당히 힘든 일이지요. 예를 들어 볼까요? 제가 개인적으로 후원하는 곳 중에 미혼모 시설이 있습니다. 그런데 그쪽에서 물어보면 뭐가 필요하다고 할까요?"

"음…… 기저귀?"

"분유?"

"애들 옷?"

다들 나름 생각하는 것을 말했지만 그 안에 정답은 없었다.

"정답이 뭔가?"

송정한은 고개를 갸웃하면서 물었는데, 뒤이은 노형진의 대답에 다들 어리둥절한 얼굴이 되었다.

"고기입니다."

"고기?"

"고기요?"

"네. 고기는 가장 안 들어오는 물건 중 하나입니다. 하지만 영양적으로도 무척이나 필요한 음식이지요."

"끄응…… 부정은 못 하겠군."

송정한은 과거 아내가 아이들을 가졌을 때를 생각하고는 고개를 절레절레 흔들었다. 매일같이 고기를 먹고 싶어 하는 그녀는 진짜 무서울 정도로 고기를 흡입했다.

"임신하면 양질의 단백질을 먹고 싶어 합니다. 하지만 대부분의 사람들은 여러분처럼 생각하지요."

"……."

"문제는 그 생각이 틀린 거라는 걸 알면 생각을 바꿀 의지가 있는 여러분과 달리 저들은 그게 틀린 거라고 해도 생각을 수정할 의사가 전혀 없다는 거죠."

"그럼 어떻게 해야 할까?"

노형진은 그들의 생각을 수정하기 위해서는 좀 극단적인 방법을 써야 한다고 생각했다.

"저는 그들에게 현실을 알려 주는 것이 중요하다고 생각합니다."

"현실?"

⚖️

"아니, 애들 인생을 진짜로 망치고 싶어서 작정했어요?"

정아진은 소리를 버럭버럭 지르고 있었다.

"이봐요. 왜 우리한테 화를 내는 겁니까! 우리는 피해자예요. 당신들이 우리 애들을 팬 거지, 우리가 싸웠습니까?"

"말이 되는 소리를 해요? 이들은 의대생이라고요! 의대생! 몰라요? 미래가 창창한 애들! 그 애들이 뭐가 아쉽다고 당신 동생을 때려요?"

정아진의 말에 피해자의 형은 돌아 버리는 기분이었다. 차라리 벽에 대고 말을 하거나 소의 귀에 경을 읽어 주는 게 더 말이 통할 것 같았다. 최소한 그 둘은 자신의 신경을 건드리지는 않으니까.

"그럼 내 동생은 뭐가 아쉬워서 그쪽에다가 싸움을 겁니까? 애들을 데리고 부산으로 휴가를 간 거지, 패싸움을 하러 간 것도 아닌데."

"술에 취했나 보죠."

"지금 그걸 말이라고……. 이봐요, 변호사 양반. 그 당시 거기에는 학교에도 안 들어간 애들이 두 명이나 있었다고요."

상식적으로 부모가 술에 취해서 애들 앞에서 네 명이나 되는 학생들에게 도발했다는 게 말이 안 된다.

"그럼 이들은 뭐가 아쉬워서 싸우겠어요?"

"아놔, 진짜."

"다 필요 없으니까 합의금 드릴 테니 그냥 합의서나 써 주시죠. 그게 목적 아닌가요?"

"합의서 못 써 줍니다. 장난해요?"

"역시 돈독이 올랐네."

"뭐요?"

"아니, 3천만 원이 무슨 애들 장난도 아니고."

"3천? 웃기지 마요. 당신들 같은 인간들은 3억을 줘도 안 합니다."

"3억? 역시 본색이 나오네."

그녀는 말도 안 하고 바깥으로 나가더니 바깥에서 기다리던 사람들에게 소리 높여서 고함을 질렀다.

"저쪽에서 합의금을 3억으로 높였습니다! 역시 우리의 생각이 맞았습니다! 저들은 가해자의 인권은 신경도 안 쓰고 오로지 돈만 노리고 있습니다!"

"가해자의 인권 보장하라!"

"보장하라! 보장하라!"

"피해자의 모습을 뒤집어쓰고 돈을 좇는 무리는 반성하라!"

"반성하라! 반성하라!"

점점 시위는 격해졌다.

피해자의 형은 뒷목을 잡았다.

"어억, 저 망할······."

"말이 안 통하죠?"

그 순간 들리는 목소리에 고개를 돌려 보니 청년이 서 있었다. 그리고 그 뒤에는 그가 아는 사람도 있었다.

"서승진 변호사님?"

"오래간만입니다, 태진만 씨."

"여기는 어쩐 일이십니까?"

태진만은 서승진을 기억하고 있었다. 자신들이 수임한 분은 아니지만 얼마 전에 와서 정아진을 비롯한 인권 주의자들을 설득하려고 한 사람이었다. 물론 그의 설득은 보기 좋게 실패하고 도리어 쫓겨났지만.

"어쩐 일은요. 그때 하던 일을 마무리 지으려고 온 거지요."

"마무리요?"

"네, 태진만 씨 가족을 괴롭히는 사람들을 떼어 내야 하지 않겠습니까? 일단 죄송합니다. 인권 변호사로서 잘못된 인권 주의자들 때문에 희생자들이 두 번 고통을 받는군요."

"후우."

태진만은 머리를 절레절레 흔들었다.

"그놈의 인권 타령. 아주 지겹습니다."

노형진은 왠지 입안이 씁쓸해졌다.

'최악이로군.'

이런 식으로 하면 사람들은 점점 인권에 대해서 부정적인 생각을 가지게 된다. 그러면 점점 사회는 배려나 양보보다는 투쟁과 욕심으로 가득 차게 된다.

"그래서 해결하려고 온 거지요."

"어떻게 말입니까? 저들을 퇴거시키려고 해도 갈 생각을 안 하는데."

오지 말라고 말도 해 보고, 읍소도 해 보고, 화도 내 봤다. 심지어 병원에 이야기도 해 봤다. 하지만 먹히는 게 없었다.

그들은 가해자의 인권을 찾겠다며 끊임없이 찾아왔고, 병원에서 그들에게 오지 말라고 하자 인권 탄압하는 병원이라고 언론에 제보하겠다면서 거품을 물었다.

아무리 병원이라고 해도 그런 걸로 언론에 나가면 좋을 게 없기 때문에 결국 방치하는 수밖에 없었다.

그러나 자포자기한 태진만과 달리 노형진은 태연하게 말했다.

"방법은 있지요."

"방법은 있다고요?"

"네, 일단은 병원을 옮기는 겁니다."

"병원을 옮겨요?"

"네."

"하지만 알아서 찾아오던데……."

"그건 경찰이 문제입니다."

경찰은 이런 사건이 생기면 기본적으로 가해자의 방어권을 보장한다면서 피해자의 주소나 전화번호, 입원한 병원 등을 가해자에게 알려 준다.

"하지만 병원을 옮기고 난 후에 알려 주지 않으면 저들로서는 찾을 방법이 없지요. 그러면 일단 급한 상황은 넘기게 되니 병원을 옮기는 것에는 문제가 없지요?"

"그거야 그렇지만……."

태진만은 불만으로 가득한 얼굴로 시위하는 사람들을 바라보았다.

"꼭 우리가 잘못해서 도망가는 것 같지 않습니까?"

"똥이 더러워서 피하지, 무서워서 피하는 거 아닙니다. 그리고 이 보 전진을 위한 일보 후퇴라는 말도 있지요."

"이 보 전진을 위한 일보 후퇴?"

"네, 저희도 이번 일을 좀 심각하게 받아들이고 있습니다. 인권은 모두를 위한 것이기는 하지만 저쪽은 그걸 이상하게 받아들여서 도리어 인권 운동가들을 욕먹게 하고 있으니까요."

"끄응……."

"그래서 저희들도 나름 작전을 짜고 있습니다만 아무리 그렇다고 해도 일단 피해자분들을 안전하게 지키는 것이 중요하지요."

"하지만 우리가 정식으로 수임한 것도 아닌데……."

"일단 이 사건은 정식으로 수임하지 않으셔도 됩니다. 우리가 싸우는 건 가해자가 아니라 저쪽 정아진 씨를 비롯한 잘못된 인권 운동가들이니까요."

정식으로 수임한다면 좋지만 솔직히 이건 저들만 잘라 내면 그다지 문제가 될 만한 건 없는 사건이다. 워낙 확실한 증거가 넘쳐나기 때문이다.

"후우, 알겠습니다. 하지만 어떻게 옮기란 말입니까? 저렇게 병원 앞을 가로막고 있는데요."

"저들은 대부분 자기만족으로 움직이는 사람들입니다."

"그게 무슨 상관이 있죠?"

"자기만족으로 움직이는 경우는 특정한 경우에 보통 발을 빼죠."

"어떤 경우에요?"

"자기한테 도움이 안 되는 경우요. 그러니까 금방 끝날 겁니다."

⚖️

"갔습니다."

텅 비어 버린 병원의 정원을 보면서 태진만은 혀를 내둘렀다.

"진짜 갔네요."

"그들은 사명감이 아니라 자기만족으로 움직이는 사람들이니까요. 사명감을 가진 사람이라면 밤샘을 하는 경우도 있지만 이런 경우는 드물지요. 설사 사명감이 있다고 해도 이런 밤까지 버티는 경우는 드물고요."

노형진은 태진만에게 밤까지만 기다리자고 했고 실제로 해가 떨어지고 9시쯤 되자 그렇게 북적거리던 사람들은 모두 자신들의 집으로 갔다.

"하지만 그 정아진인가 뭔가 하는 여자는요?"

태진만이 봤을 때 그 여자는 사명감 정도가 아니라 거의 집착 수준이었는데 순순히 갔다는 게 신기했다.

"그 여자는 보니까 사흘에 한 번씩 집에 가더군요. 그리고 오늘이 사흘째입니다."

"네? 사흘이라고요? 그걸 어떻게 압니까?"

자신이 아무리 동생을 스물네 시간 병간호한 건 아니라고 하지만 어떻게 알았는지 신기할 따름이었다.

"그냥 사진을 봤습니다."

"사진?"

"네, 사흘에 한 번씩 옷이 바뀌더군요."

"헐……."

"어찌 되었건 그들은 지금 자리에 없으니 지금 바로 움직이는 게 좋다고 생각합니다."

노형진은 바로 전화기를 들었고 바로 129를 불렀다.

129는 사설 구급차로, 돈을 받고 환자를 옮기는 역할을 한다. 노형진은 이미 그쪽에 미리 이야기해 놨기 때문에 그들은 늦은 시간까지 주변에서 몰래 대기하고 있었고, 전화가 오자마자 바로 나타났다.

"일단은 예정된 병원으로 가시면 됩니다."

"감사합니다."

태진만은 질렸다는 표정으로 동생 내외와 조카들을 데리

러 올라갔고, 노형진은 그가 올라간 방향을 보다가 다시 바깥으로 나왔다.

"일단 대피는 시켰는데 어쩔 생각인가? 그 여자를 설득하는 건 어려운 일일세."

"설득요? 왜 설득합니까?"

"뭐라고?"

처음에 이쪽으로 올 때는 정아진에게 설득 작업을 하러 온 줄 알았다. 그런데 설득을 안 한다니?

"일전의 회의에도 나온 결론 아닙니까, 설득할 여자가 아니라고."

"그럼 어쩌려고?"

"보아하니 인생에 대해 책에서만 공부한 것 같으니 제대로 알려 줘야지요."

"뭘?"

"의리는 없다는 거요."

"엥?"

뜬금없는 노형진의 의리 타령에 서승진은 어리둥절할 수밖에 없었다.

의리는 없다

"반갑습니다. 노형진입니다. 피해자 측 변호사이지요."

노형진은 눈앞에 있는 사람들을 보면서 미소를 지었다. 그들은 노형진을 불만스러운 표정으로 바라보고 있었다.

"보자고 해서 온 건데 이게 뭡니까?"

어찌어찌 연락이 와서 나온 사람들은 노형진을 보고 화를 냈다. 한두 명도 아닌 수십 명이 나왔기 때문이다.

"사전에 양해를 구하지 않았습니까?"

"그래도 한두 명이 아니잖아요."

다른 사람이 나온다는 말이 있기는 했지만 이렇게 많을 거라 생각하지 못했기 때문에 다들 툴툴거렸다.

하지만 노형진은 그들의 불만을 받아 줄 생각이 없었다.

"싫으면 가시면 됩니다."

"……."

그 말과 동시에 조용해진 사람들.

그들은 서로 눈치를 보면서 자신의 앞에 놓인 커피만 홀짝일 뿐이었다. 그럴 수밖에 없는 것이 노형진이 이들에게 돈을 벌 수 있는 기회를 주겠다고 했기 때문이다.

"여러분들은 서로를 모르시겠지요?"

"그거야…… 모르죠."

"알면 우리가 싫어하겠습니까?"

그들은 서로를 바라보았다. 서로 알지 못하니 당연히 어리둥절할 수밖에 없다. 성별도, 나이도 다 다른 사람들.

"전혀 다르지만 여러분들은 한 사람을 아신다는 공통점이 있습니다."

"공통점?"

"네."

"어떤 공통점요?"

"정아진이라는 이름을 아신다는 거죠."

흠칫하는 사람들. 그 말뜻은 그들 모두가 전과자라는 뜻이기 때문이다.

그런데 사람들의 표정이 생각보다 좋지 않았다.

"크흠…… 듣기 좋은 이름은 아니네요."

"네?"

"보아하니 여기 있는 사람들 모두 전과자인 모양인데. 솔직히 반가운 사람은 아닙니다."

노형진은 고개를 갸웃했다.

그들은 정아진에게 도움을 받은 사람이다. 그런데 그들의 얼굴에는 고마움이나 반가움보다는 짜증이 서려 있었다.

'이건 생각하지도 못했던 일인데?'

정아진이 인권 운동을 하면서 도와준 사람들을 이용하려고 생각만 했지 그들이 정아진에 대해서 어떻게 생각하는지에 대해서는 생각해 본 적이 없는데, 정아진에 대한 그들의 반응은 도움을 받은 사람들의 그것이 아니었다.

"그 여자에 대해서는 생각하고 싶지 않네요."

심지어 여자 전과자조차 그렇게 생각하는 듯했다.

"왜 그러십니까?"

"뭐, 우리가 한때 죄수였고 범죄자인 건 맞습니다. 그래서 벌을 받은 것도 맞죠. 그런데 그 여자 때문에 괜히 욕만 먹었어요."

"욕만 먹었다?"

"네, 교도소도 위계가 있는 곳입니다. 그런데 여자는 그런 걸 전혀 인정하지 않았거든요."

정아진은 인권 운동을 한답시고 접근했다고 한다. 처음에는 교도소 생활이 좀 편해질 거라 생각해서 좋아했다. 사건을 진행할 때 그녀가 집요하게 피해자를 괴롭혀서 합의서도 받아 왔기 때문에 호감도 있었고 말이다. 그런데 문제는 그 후였다.

"도와주는 건 좋은데 우리를 너무 무시한단 말입니다."

"무시요?"

"네."

그녀의 말에 따르면 정아진은 마치 자신이 상위 인간으로서 너희들에게 은총을 내린다는 식으로 군다는 것이다.

"그리고 그걸 공평하게 하면 좋은데, 특정 몇몇에게만 해준다는 겁니다. 그게 얼마나 골 때리는데요."

듣고 있던 여자 한 명이 짜증스럽게 말했다.

"그 여자는 교도소에 들어가 본 적도 없을 거예요."

"맞아, 맞아."

그 여자의 말에 이를 박박 가는 사람들.

노형진은 그들의 행동에서 자신이 모르는 것이 있음을 느꼈다.

'이상하네.'

그들은 고마움 같은 것이 아닌 마치 동일한 피해자들이 보이는 동질감을 보이고 있었기 때문이다.

"그래서 그게 문제가 된 건가요?"

"된 거죠……. 하아."

가장 먼저 말을 꺼낸 남자는 힘겹게 이야기를 시작했다.

"애초에 말입니다, 교도소 내부에는 나름의 규칙이 있어요."

교도소란 공간에는 단순히 간수와 죄수의 차이만 있는 게 아니다. 그 죄수들 사이에서도 서열이 있고, 또 복잡한 권력 관계도 있다. 그리고 현대에 들어서는 간수는 사실상 거의 인권 침해를 하지 못한다. 그런데 죄수는 아니다.

"문제는 그년이 그걸 자꾸 건드린다는 거예요."

"건드린다?"

"상식적으로 생각해 봐요. 똑같이 감방에 있고 똑같이 생활하는데 누구는 인권 운동가라는 년이 붙어서 지켜 주고 누구는 그런 거 없이 바닥에서 박박 기어야 한다면 다른 죄수들의 배알이 안 꼬이겠습니까?"

그게 문제다. 일반적으로 그런 곳에 있는 서열은 얼마나 강력한 범죄를 저지르고 왔느냐로 정해진다. 제일 강한 놈은 살인이고 그다음 놈은 폭행 같은 것이다. 즉, 주먹을 얼마나 잘 쓰느냐로 서열을 정한다는 것이다.

"그런 새끼들이 이야기를 들어 줄 것 같아요?"

그런 상황에서 정아진이 특정 몇 명을 위해서만 일을 하니 서열이 높은 장기수들은 배알이 꼬일 수밖에 없었다.

"더군다나 우리가 무슨 애도 아니고."

인권 운동이라는 것에는 기본적으로 상대방에 대한 존중이 함께 녹아 있어야 한다. 하지만 정아진의 행동은 상대방에 대한 존중이 아니라 상대방을 자신이 갱생시켜서 인간으로 만들 수 있다는 괴상한 생각에서 시작되었다.

그렇다 보니 그녀는 자신이 무슨 구원자인 것처럼 상대방을 깔보는 행동을 많이 했다고 한다.

"합의서를 가지고 온 건 좋았지요. 그런데 공짜도 아니면서 그렇게 온갖 티를 다 내니."

"잠깐, 잠깐! 공짜가 아니라고요?"

노형진은 갸웃했다. 물론 어느 정도 합의금이 들어가기는 하지만 그건 당연히 줘야 하는 돈이다. 이 경우에는 그 합의금이 터무니없이 적으니까 문제지만.

"합의금을 말씀하시는 건가요?"

"합의금이면 우리가 억울하지도 않지요."

"네? 합의금 말고 다른 돈을 요구한단 말입니까?"

"자기네 인권 운동 후원금을 달라고 하더군요."

'잡았다.'

노형진은 그 순간 눈을 번쩍 떴다. 전혀 생각하지도 못한 정보가 나온 것이다.

"그 얘기 좀 해 주시겠어요?"

"해 주고 자시고를 떠나서 뭐 뻔한 거 아닙니까?"

정아진은 도와주는 조건으로 돈을 요구했다고 한다.

공식적인 명목으로는 인권 발전을 위한 후원금.

그러나 실질적으로는 엄청나게 압력을 행사했다고 했다.

"얼마나요?"

"제게는 500만 원이라고 이야기하던데요?"

"제게는 4천이라고 이야기했습니다."

서로 이야기하던 사람들은 흠칫했다. 내용이 완전히 달랐기 때문이다. 후원금이라고 하면 사람마다 비슷한 게 보통이다. 개인적인 사정에 따라서 좀 더 능력이 되면 더 내는 경우도 있지만 이번 경우는 보아하니 거의 반강제적으로 받아 간 듯했다.

"그에 대해서 느낀 거 있습니까?"

"음……."

노형진의 말에 그들 중 한 명이 조심스럽게 손을 들고 입을 열었다.

"그냥…… 느낌이기는 한데……."

"말씀해 보십시오."

"그쪽에서 말한 합의금에서 자신이 깎은 돈의 20% 정도를 이야기하더라고요."

"자신이 깎은 합의금의 20%?"

"전 그런 느낌이 있어요."

"어? 나도 그 정도인데?"

"저도 그래요."

다들 어리둥절한 얼굴이 되었다. 세상에 비율까지 따져 가면서 하는 사람이 어디 있단 말인가?

노형진은 그 말을 듣다가 뭔가 이상하다는 생각이 들었다. 총합의금의 20%라고 해도 적지 않은 돈인데, 거기서 자신이 깎은 돈의 20%라니.

"저기, 아까 4천만 원이라고 하신 분."

"네."

"무슨 사건입니까?"

"그게……."

그는 한참 주저주저했다. 노형진은 그를 보면서 단호하게 말했다.

"어차피 저한테 도움을 받아야 하는 상황이라면 사실대로 말씀하셔야 합니다."

"하아."

이들은 범죄자 타이틀을 달고 나왔다. 당연히 취업도 힘들고 돈도 없다. 그러니 노형진이 도와주겠다는 말을 거절할 수도 없다.

"그게……."

"말해요. 어차피 우리도 다 말해야 하는데."

결국 옆에 있던 사람이 용기를 주자 그는 조심스럽게 말을 꺼냈다.

"음주운전입니다. 그걸로 사람을 죽여서……."

"흠……."

나쁜 일이기는 하다. 하지만 이야기를 들어 보니 이상했다.

"저기, 이상한 거 못 느끼십니까?"

"네?"

노형진은 듣다 보니 이상하게 생각되는 것이 있었다.

그가 4천만 원을 줬다면? 그가 합의금으로 2억 이상 깎아 줬다는 말이 된다. 그런데 상식적으로 그건 말이 안 된다. 어떤 사람이 합의금을 2억씩 깎아 준단 말인가?

"그래서 합의금은 얼마 주셨습니까?"

"합의금요?"

"네."

"1억 8천만 원 줬습니다."

"1억 8천요?"

"네."

"이상하군요."

"뭐가요?"

"생각해 보세요. 20% 비율이라고 치면 깎은 돈이 2억이니 합의금이 3억 8천을 이야기했다는 건데. 사고로 죽은 사람은 누구였습니까?"

"노인이었습니다. 나이가 80세였지요."

"흠……."

"왜 그러십니까?"

"잔인한 이야기이기는 하지만 일반적으로 합의금을 정산할 때는 그 사람이 평생 벌 수 있었던 돈도 그 기준이 됩니다. 그런데 80세 노인이면 더 이상 벌 수 있는 돈이 그다지 많지 않지요. 특수한 경우가 아니라면요."

"그래서요?"

"그러면 보통 합의금이 그렇게 많이 안 나오는데요? 그런 높은 금액은 아주 어린 미성년자들, 그것도 고의성이 아주 강한 경우에만 나옵니다."

"네에?"

남자는 어리둥절했고 노형진은 직감이 오기 시작했다.

"다른 분들도 이야기를 좀 해 보시죠."

노형진은 차근차근 그들의 이야기를 들었다. 그런데 공통점이 몇 개 있었다.

첫 번째, 피해자들과 접점이 전혀 없었다는 점이다.

물론 일반적으로 가해자들과 피해자들이 만나는 것을 꺼리는 것은 맞다. 서로 극단적 감정 상태여서 싸움이 날 수도 있기 때문이다. 그러나 아무리 그래도 이번에는 과도하다고 할 정도였다.

두 번째, 처음에 사건을 담당할 때는 말이 없다가 한참 지나서 그 후원금에 대해 이야기한다는 것이다.

"왠지 상황을 알 것 같군요."

"어떤 거 말입니까?"

"인권 운동가의 타이틀을 이용해서 절묘하게 장난치는 것 같습니다."

"장난?"

"네, 여러분들은 상대방이 요구한 합의금이 일반적인 수

치보다 훨씬 높습니다. 그런데 정작 그 말을 들은 사람은 아무도 없지요. 그 말을 상대방에게 직접 들은 분 계십니까?"

"네? 아니요."

다들 서로의 얼굴을 바라보았다. 그들은 이상하다는 생각을 했다.

"그러고 보니 나도 직접 말을 들은 적은 없네요."

"저도."

"나도 그래요."

다들 직접적으로 피해자와 이야기해 본 적이 없다고 했다.

"그게 왜 문제가 되죠?"

"그게 말이죠……."

노형진은 얼마 전 정아진이 보여 준 그 행동이 미심쩍었다. 그녀는 피해자들이 3억이나 요구한다면서 난리법석을 떨고 그들을 무슨 인권 침해자나 양심 불량인 사람들로 몰아붙이고 있었다.

"그런데 정작 그 피해자들이 요구한 금액은 3천만 원이거든요."

"3천요?"

"네. 그런데 왜 3억이 나왔냐 하면, 정아진이 피해자 측 대리인이라고 하면 집요하게 괴롭히고 터무니없는 요구를 하니까 화가 나서 3억을 줘도 합의는 없다고 했습니다. 그런데 그게 갑자기 합의 요구금으로 둔갑하더군요."

"네에?"

"아니, 그게 무슨 말도 안 되는 소리예요?"

"그럼 처음에는 합의금으로 얼마를 이야기했습니까?"

"정아진은 400만 원을 이야기했습니다."

"허?"

다들 어이없다는 얼굴이 되었다. 그 돈으로 합의해 줄 수 사람이 얼마나 되겠는가? 당장 병원비만 1,200만 원이 나온 상황인데 말이다.

'아무래도 고의적으로 그러는 것 같은데?'

그렇지 않다면 이렇게 터무니없는 가격을 주장할 리도 없거니와 이렇게 필요 이상으로 서로 만나지도 못하게 사이를 틀어 놓지도 않았을 것이다.

"만일 제 생각이 사실이라면 정아진은 엄청나게 큰 돈을 벌고 있는 셈이 됩니다."

당장 3억에서 원래 금액인 3천으로 깎으면 2억 7천을 깎는 셈이 되는데, 여기서 20%라고 하면 정아진은 손해배상 금액인 3천보다 훨씬 많은 5,400만 원을 받는 셈이 된다.

"허……."

"그 후에 피해자들과 이야기해 보신 적 있습니까?"

"아니요."

"없지요."

합의가 끝났고 형을 살고 나온 그들이 과연 피해자들과 이야기를 할까?

할 리 없다.

당장 대한민국에서 그런 사람은 거의 없다고 봐도 무방하다.

사건들을 보면 전혀 상관없는 국민이나 기자들, 그리고 검사들이나 재판관들에게 고개를 숙일지언정 절대로 피해자들에게 고개를 숙이지 않는 것이 우리나라 대부분의 범죄자들의 성향이다. 왜냐하면 사건 자체에서 철저하게 피해자는 배제당하니까 그럴 이유가 없어서다.

"결과적으로 그들과 여러분들 사이에서는 그 여자밖에 없었다는 거네요?"

"그렇……지요?"

그들은 말을 하면서 자신이 그녀의 손에 놀아났다는 사실에 하나같이 이를 악물기 시작했다.

"아무래도 제가 피해자분들과 만나 봐야겠군요."

노형진은 이 모든 원인이 무엇인지 알 것 같았다.

⚖

"얼마요?"

남자는 노형진의 말을 들으면서 기가 막혀서 말이 안 나왔다.

"3억 8천 정도 주장하셨다고요?"

"아니, 무슨 말도 안 되는……."

남자는 자신의 가게에서 의자에 앉아서 이야기를 듣다가 터무니없다는 얼굴이 되었다.

"물론 우리 노모가 돌아가신 건 슬픈 일이죠. 하지만 그분 나이가 80세입니다. 거기에다 치매가 있어서 밤마다 돌아다니셨습니다. 솔직히 슬픈 건 슬픈 거지만 그렇다고 그걸로 사람 인생 망칠 정도로 나, 나쁜 놈 아닙니다."

남자는 대번에 기분 나쁜 얼굴이 되었다. 자신이 어쩔 수 없이 벌어진 사고로 인해서 돈을 뜯어내는 인간이냐는 식으로 들렸기 때문이다.

"아닙니다. 절대 그런 의미에서 드리는 말씀이 아닙니다. 다만 확인차 질문드리는 겁니다. 그때 얼마 요구하셨나요?"

"1억 이야기했지요."

"그리고 8천 받으신 거 맞지요?"

"네."

1억 원을 요구해서 8천을 받았다. 그럼 일단 중간에 빼돌리지는 않았다는 뜻이다.

'하긴, 그럴 수밖에 없네.'

합의서에 합의금이 얼만지 적혀 있으니 그걸 빼돌리지는 못했을 것이다.

"그럼 3억 8천만 원을 요구했다고 한 건 뭡니까?"

"어…… 그게……."

그 당시 사건을 더듬던 그는 기억났다는 듯 고개를 끄덕거렸다.

"처음에는 그 대리인인지 인권 운동가인지 하는 여자가 터무니없는 짓을 하니까 화가 나서……."

"터무니없는 짓?"

"합의금으로 300만 원 이야기하더이다."

그 돈이면 장례를 치르기에도 부족한 돈이다. 그런데 그걸 합의금으로 제시했다고?

"당연히 그게 말이 되느냐고 합의를 거절했더니 온갖 패악질을 하지 않겠습니까? 와서 시위도 하고. 그래서 어이가 없어서 합의를 거절했죠. 나중에는 합의하자고 하도 찾아와서 합의금을 터무니없이 올렸구요."

"그런데요?"

"그 후에 갑자기 찾아와서 자신이 잘못했다고 빌더군요."

"그래서……."

"하아, 그렇죠, 뭐."

한국 사람들은 마음이 약하다. 그래서 상대방이 일단 고개를 숙이면 모른 척 봐주곤 한다. 그게 냄비 근성에 묻힌다는 게 문제지만 말이다.

"그래서 결국 8천이다?"

"네."

'이런 미친년.'

노형진은 그 여자의 방법을 알 것 같았다.

일단 사건에 끼어들어서 둘 사이를 극단적으로 갈라놓는다. 그래야 서로 연락을 하지 않기 때문이다.

그 후에 자신이 중간에 끼어들어서 잘 설득한 것처럼 하고 합의금을 깎는다. 아니, 그렇게 느끼게 만든다. 그 후에 그중 일부를 후원금이라는 명목하에 받아 내는 것이다.

'이건 사기잖아?'

누가 봐도 사기이기 때문이다. 하지만 누구도 알지 못했던 사기다.

원래도 피해자와 가해자는 직접적으로 만나지 않는다. 보통은 변호사 아니면 보험사 같은 곳이 끼어든다. 그런데 거기에다 그녀가 사이를 갈라놨으니 절대로 이야기할 가능성이 없는 것이다.

"알겠습니다."

노형진은 고개를 끄덕거렸다.

⚖

"뭐라고?"

서승진은 자신의 귀를 의심했다. 자신은 몰랐던 정아진의 진짜 목적이 터무니없이 황당했기 때문이다.

"형사 단계에서 활동하는 브로커는 많습니다. 하지만 이런 식으로 활동하는 브로커는 처음이군요."

노형진은 쓸쓸하게 웃었다.

브로커는 부자 손님을 전관 변호사에게 붙여 주고 그 대신에 일부를 가지고 가는 것이 보통이다. 그런데 이건 아예 변호사도 빼 버리고 자신이 다 먹어 버리는 타입.

"아니…… 이런 방법이 있을 거라고는 생각도 못 했는데?"

"저도 몰랐습니다."

회귀한 노형진조차 이런 방법을 사기를 치는 녀석이 있을 거라고는 꿈에도 생각하지 못했다.

"이 여자를 어떻게 해야 하나……. 이걸 그냥 둘 수도 없고."

고발하자니 자신이 직접 인권 운동가를 감옥에 넣는 꼴이 된다. 그러면 지금까지 자신을 존경해 온 수많은 사람들이 뭐라고 생각하겠는가? 그들은 그녀를 유명한 인권 운동가로 생각하고 있는데.

그렇다고 그냥 두자니 이건 명백한 범죄다. 그것도 절대 용서할 수 없는 범죄였다. 이런 범죄행위로 인해서 피해를 받는 것은 피해자 가해자 양쪽 다이기 때문이다.

"일단은 제가 봐서는 우리 손을 더럽힐 이유는 없다고 생각합니다."

"우리 손을 더럽힐 이유는 없다고?"

"네."

"하지만 그러면 그녀가 계속 이런 짓을 하지 않겠나?"

"글쎄요. 제가 봐서는 이런 행동을 하는 그녀를 봐주려고 하지 않을 사람들은 제법 많거든요."

"……?"

"이번 달에는 영 후원금이 적네."

정아진은 이번 달 후원금을 정산하면서 고개를 흔들었다.

"좀 더 큰 건을 노려야 하나? 망할 그 피해자들이 도망만 가지 않았어도 한 건 더 할 수 있는데."

공을 들이던 사람들이 자신을 피해서 도망가는 바람에 그쪽에서 합의를 이끌어내지 못한 것이 패착이었다.

"일단 다음 달에는 한 건 더해야지. 다음 달에는…… 이게 좋겠네."

그렇게 그녀가 사건 하나를 꺼내서 보는 그때였다.

"잠깐만요!"

"비키십시오. 영장 집행 중입니다."

"당신들 뭐야!"

바깥에서 들려오는 웅성거리는 소리에 정아진은 고개를 갸웃했다. 보통은 이렇게 시끄러운 소리가 안 나기 때문이다.

"누구……?"

바깥에서 사람을 부르려고 하는 찰나, 갑자기 문이 벌컥 열리면서 몇몇의 건장한 남자들이 안으로 들어왔다.

이것이 법이다

"당신들 뭐야?"

어리둥절한 그녀에게 들어온 남자는 당당하게 손을 내밀었다. 거기에는 한 장의 종이가 들려 있었다.

"정아진, 당신을 변호사법 위반으로 체포합니다."

"뭐라고?"

"당신은 묵비권을 행사할 수 있으며……."

"뭐야!"

다짜고짜 팔짱을 끼고 그녀에게 수갑을 채우는 경찰들.

정아진은 발악적으로 고함을 지르기 시작했다.

"놔! 놓으라고! 이거 인권 탄압이야! 경찰 불러!"

"아줌마, 우리가 경찰이에요."

경찰은 그녀가 경찰을 찾자 비웃듯이 말했다.

"이거 인권위에 제소할 거야! 알아! 인권 운동가를 잡아가는 경우가 어디 있어! 고소할 거야!"

악악거리면서 끌려가는 정아진.

그녀가 끌려 나오자 사람들이 모여들기 시작했다.

"이건 인권 탄압이다!"

"막아!"

"협회장님을 구해!"

소리를 지르면서 달려드는 추종자들. 하지만 경찰들이 내민 영장 앞에 그들은 꿀 먹은 벙어리가 되었다.

"사기와 변호사법 위반으로 정식으로 체포된 겁니다. 방해하시면 공무집행방해죄로 같이 잡혀 들어가실 겁니다."

"막아! 빨리 막아!"

정아진은 막으라고 소리를 질렀다. 하지만 아무리 추종자들이라 해도 영장 앞에서는 어찌할 수가 없었다.

"뭐 해! 막아!"

그들이 시위하는 건 자신들에게 피해가 오지 않으면서도 자신들의 인권 운동을 한다는 알량한 자부심을 채울 수 있기 때문이다. 그러나 당장 눈앞에 보이는 체포 영장은 그런 그들의 마음을 얼어붙게 만들었다.

'그러면 그렇지.'

좀 떨어진 곳에서 그 사무실을 보던 노형진은 혀를 끌끌 찼다.

'인권 주의자 나부랭이들 같으니라고.'

진짜 인권을 위해서 일하는 게 아니라 자신의 이득을 위해서 일하는 사람들은 많다. 그리고 진짜 인권 주의자들은 그런 자들 때문에 엄청난 고통을 겪고 있다.

"씁쓸하군."

"왜요?"

"그래도 한때는 동지라 생각했던 사람이잖나."

서승진이 씁쓸하게 말하자 노형진은 피식 웃었다.

"저런 동지는 동지가 아니죠."

"그래도 인권 운동가가 잡혀가는 건 좋은 게 아니지."

"인권 운동가가 아니라 사기꾼입니다."

"흠⋯⋯."

서승진은 조용히 그들을 바라보았다.

"그런데 어떻게 한 건가?"

"뭐 말입니까?"

"이렇게 빨리 구속영장이 나올 거라고는 생각도 못 했네."

현재는 체포 영장이지만 이미 구속영장이 발부된 상황. 경찰에 도착하는 즉시 바로 구속·수감될 것이다.

보통 대한민국에서 사기 범죄는 거의 구속영장이 안 나온다. 그런데 마치 마법처럼 구속영장이 발부된 것이다.

"아, 그거요? 간단합니다. 경찰에 신고한 게 아니라 변호사협회에 고발을 넣었거든요."

"변호사협회에?"

"네, 원래 이런 건 밥그릇 싸움 아닙니까?"

바로 알아들은 서승진은 씁쓸하게 웃었다.

현행법상 법적인 대리인을 하면서 합의나 재판과 관련해서 돈을 받을 수 있는 것은 변호사만 허용된다. 다른 사람들은 허용되지 않는다.

"그런데 그는 인권 운동가라는 가면을 쓰고 그 짓을 했지요."

"이해가 가는군."

어느 직업이나 마찬가지이지만 자기 밥그릇을 빼앗아 가는 것에 무척이나 예민하다. 당연히 그녀가 합의를 대신해 주면서 돈을 받아 가는 것은 현행법상 변호사법 위반이니 변호사들이 자신의 밥그릇을 건드린 것을 용서할 리 없었다.

"아마도 실형은 피하지 못할 겁니다. 변호사의 밥그릇을 건드린 죄는 생각보다 크거든요."

"끄응."

서승진은 참으로 안타까운 얼굴이 되었지만 노형진은 그다지 안타깝지 않았다.

"어찌 되었건 우리 손을 안 더럽히고 깔끔하게 청소했으니 된 겁니다. 그리고 우리는 새로운 일거리를 받았고 말이지요."

노형진은 들고 있던 서류를 흔들었다.

경찰이 나가고 난 후 노형진은 그 서류를 들고 그 사무실로 향했다.

"여기가 정아진 씨 사무실이죠?"

"뭡니까!"

노형진이 물어보자 표독스럽게 외치는 여직원. 당장 정아진이 눈앞에서 잡혀갔으니 기분이 좋을 리 없다.

물론 노형진은 그런 그녀의 기분 따위 알 바 아니었다.

"가압류하러 왔습니다."

"가압류?"

"네, 정아진 씨가 사기와 변호사법 위반으로 감옥에 가신 거 보셨죠? 그에 대해서 민사소송과 함께 가압류가 들어왔거든요. 이제 압류를 시작하겠습니다."

노형진은 히죽 웃었고, 그걸 본 사람들은 입을 쩍 벌렸다.

⚖️

정아진은 자신의 상황을 믿을 수가 없었다. 마치 꿈을 꾸는 것 같았다.

"이건 꿈이야……! 이건 꿈이야!"

사건은 말 그대로 초고속으로 진행되었다.

판사도, 검사도, 심지어 자신을 변호하던 변호사도 자신에게 우호적이지 않았다. 그리고 무려 4년 형이라는 기간이 그녀에게 부과되었다. 흔하게 붙는 집행유예조차도 없는, 말 그대로 꽉 찬 4년.

"신참이다!"

"오오!"

그가 쭈뼛쭈뼛 들어가자 거기 있던 사람들은 피식거리면서 그녀를 바라보았다.

"막내야, 너 뭐로 들어왔냐?"

"……."

"대답 안 하냐?"

"뭐? 나?"

"나아?"

가자 안쪽에 있던 여자는 그녀의 말에 천천히 일어났는데 전혀 여자 같지 않은 그 덩치에 정아진은 잔뜩 기가 질려 버렸다.

"너, 상당히 말이 짧다."

그녀는 웃고 있었지만 정아진은 일이 단단히 잘못되었다는 것을 느끼고 있었다.

살을 주고 뼈를 취한다

"뭘 봅니까?"

노형진은 쉬는 시간에 직원 중 한 명이 뭔가를 보는 것을 보고 슬쩍 그쪽으로 고개를 내밀었다.

"아…… 노 변호사님."

그걸 보고 있던 직원은 화들짝 놀라면서 얼굴을 붉혔다.

"이건? 애니메이션?"

"하하하."

그 직원은 어색하게 웃었다.

물론 새론은 쉬는 시간에 다른 걸 한다고 뭐라고 하는 곳이 아니다. 하지만 애니메이션을 보는 것은 상당히 특이한 경우이기는 했다.

"일본 애니예요……. 뭐…… 나름 재미있게 보고 있지요."

"아아."

노형진은 피식 웃었다.

"그렇게 변명하지 않아도 됩니다. 취미는 사람 나름이죠, 뭐."

"그런가요? 하하하."

노형진은 모니터에서 나오는 장면으로 보다가 갑자기 피식 웃음을 흘렸다.

"그러고 보니 옛날에 봤던 우스갯소리가 생각나네요."

"우스갯소리요?"

"네."

물론 옛날에 아니라 미래에 봤던 거지만 어차피 상관없는 일이었다.

"뭔데요?"

"왜 애니메이션에서는 미성년자가 세계를 지키느냐는 것에 관한 질문이었지요."

"네?"

"일본 애니 쪽은 그렇지 않습니까? 보통 미성년자들이 세계를 많이 지키죠. 로봇도 조종하고 초능력도 갖고."

"아아, 그러고 보니 그러네요. 왜 그럴까요?"

직원도 생각해 보니 그런 면이 상당히 많다고 느꼈는지 고개를 갸웃했다.

노형진은 피식 웃으면서 대답했다.

"성인이 되어서 세상을 알았을 때 이딴 세상을 지키고 싶
겠느냐고 누가 그러더군요."

"참…… 씁쓸한 말인데……."

"부정할 만한 말도 아니죠."

"쩝……."

우스갯소리이지만 우스갯소리가 아니었기 때문에 노형진
도 그 말을 기억하고 있었다.

"뭐, 그런 세상은 못 지키더라도 의뢰인은 지켜야지요. 변
호사니까요."

"하하하."

노형진은 그렇게 가볍게 농담을 마치고 다시 사무실로 돌
아왔다. 그런데 사무실에는 그를 기다리는 사람이 한 명 있
었다.

"누구십니까?"

낯선 얼굴의 그는 노형진을 보면서 피곤한 듯한 모습으로
자리에서 일어났다.

"반갑습니다. 조준혁이라고 합니다."

"네. 반갑습니다. 그런데 약속은 하고 오셨나요?"

점심시간 이후에 약속이 있다는 기억이 없었던 노형진은
고개를 갸웃했다. 일반 고객이면 자신의 방에서 기다리고 있
을 이유가 없기 때문이다.

"약속은 없지만 그럴 만한 가치는 있다고 생각하네."

뒤에서 들린 말에 고개를 돌렸다가 깜짝 놀랐다.

"유 회장님?"

그곳에 있는 사람은 다름 아닌 유민택이었다.

"아니, 어쩐 일이십니까?"

보통 일이 있으면 자신을 부르지, 직접 오지 않는다는 것을 아는 노형진은 깜짝 놀랐다. 더군다나 주변에서 아무런 말도 하지 않았다는 것은 다른 사람들 몰래 조용히 왔다는 소리이기 때문이다. 새론의 최대 거래처가 대룡인데 그곳의 회장인 유민택이 왔는데 사람들이 모른 척할 리 없으니까.

"자네한테 도움을 좀 청하러 왔네."

"네? 그럼 절 부르시지요."

"이번에는 좀 비밀리에 움직여야 하는 상황이거든."

"비밀?"

"이 앞에 성화 놈들이 있는 건 알지?"

"알죠."

새론의 앞에는 스물네 시간 내내 감시인이 붙어 있다.

공식적으로는 작은 가게이지만 사실은 새론의 움직임을 감시하기 위해서 만들어 둔 곳이다. 처음에는 몰랐지만 대룡에서 그 사실을 알아내서 말해 줬기 때문에 알고 있다.

"그런데 자네를 부르면 우리가 움직인다는 걸 알아차려서 말이야."

"그래서 직접 오셨다고요?"

"아무래도 이번에는 보안이 제일 중요하니까."

"아니, 도대체 무슨 일이기에?"

다른 사람도 아니고 유민택이 움직일 정도면 당연히 성화일 것이다. 더군다나 바로 앞에서 자신들을 감시하는 녀석들을 주의할 정도면 말이다.

"그런데 회장님이 오시면 더 의심하지 않습니까? 아무리 그래도 스파이들인데 유 회장님의 얼굴을 모르지는 않을 텐데요."

"그래서 내가 변장을 하고 왔지."

"변장요?"

그는 자신의 옆에 있는 물통을 탁탁 두들겼다. 노형진은 그걸 보고 상황을 알아차렸다. 그래도 거대 그룹의 회장인 그가 청소부로 변장해서 들어올 거라고 누가 예상이나 하겠는가?

"이번에는 아무래도 자네의 도움이 필요해서 말이야. 그렇다고 우리가 전면에 나서서 도와줄 수는 없네."

"없다니요?"

노형진은 고개를 갸웃했다. 성화의 일이라고 하면 이를 박박 갈면서 전쟁하는 대룡이다. 특히 자신의 두 아들을 잃어버린 유민택은 죽으면 죽었지, 물러나지는 않을 사람이다. 그런데 전면에 나설 수 없다?

"무슨 일입니까?"

"여기 보안은 어떤가?"

"보안요? 확실하게 하고 있습니다. 일주일에 한 번씩 감시 확인을 위해서 도청 장치를 검사하고 있지요."

"사람은?"

"믿을 만한 거, 다 아시지 않습니까?"

"그건 그렇지."

사실 여기에 성화에서 몰래 사람을 심으려고 한 게 한두 번이 아니다. 하지만 노형진이 기억을 읽을 수 있는 이상 성화에서 심었거나 변절해서 그쪽으로 넘어간 사람이 그대로 버틸 방법은 없다.

"도대체 얼마나 중요한 일인데 그렇게 조심하십니까?"

"이 사람이 이야기할 걸세."

노형진은 조준혁을 바라보았다.

조준혁은 피곤한지 잠시 얼굴을 문지르더니 다시 입을 열었다.

"제가 대룡에 간 이유는 이번에 성화에서 중요한 계약을 했기 때문입니다."

"중요한 계약?"

"네. 그리고 대룡이 이기기 위해서는 그걸 막아야 합니다."

노형진은 고개를 갸웃했다. 일단 그 이야기에서 가장 중요한 부분이 빠져 있기 때문이다.

"일단 본인에 대해서 소개를 좀 해 주시지요."

"전…… 성화의 연구원입니다. 직책은 과장입니다."

"뭐라고요!"

노형진은 그의 신분에 깜짝 놀랐다. 다른 사람도 아니고 성화의 과장급 인간이 여기에 올 거라고는 생각도 못 했다. 더군다나 다른 사람도 아니고 유민택 회장과 함께 말이다.

"유 회장님, 이건……."

"일단 들어 보게. 그럼 내가 왜 이러는지 이해할 걸세."

노형진은 고개를 끄덕거렸다.

조준혁은 물을 한 모금 마신 후에 다시 입을 열었다.

"연구원이라고 하지만 이공계는 아닙니다."

"그쪽이 아니라고요?"

"네."

노형진은 고개를 점점 갸웃할 수밖에 없었다. 연구원이라고 하면 보통 그런 쪽을 이야기하기 때문이다.

"제 소속은……."

그는 한참 침을 삼키다가 입을 열었다.

"약학 쪽입니다."

"약학?"

노형진은 고개를 갸웃했다. 자신이 알기로는 성화는 약학 쪽과는 일하고 있지 않기 때문이다.

"성화가 제약 쪽에도 진출할 계획인가요?"

확실히 제약 쪽은 진출하기에도, 성공하기에도 힘든 곳이다. 물론 오래 준비해서 들어간다면 성공할 수도 있지만 자신이 알기로 새론은 그쪽으로는 전혀 준비하지 않았다.

"공산품 쪽입니다."

"공산품에 웬 약학?"

"아무래도 우리가 쓰는 많은 물건에는 화학제품이 들어가니까요."

"그런데요?"

노형진은 고개를 갸웃하면서 물었다.

"제가 이번에 배정받은 곳에서 실험하다가 뭔가 이상하다는 걸 알았는데……."

"그런데요?"

"그게 시중에 판매되고 있는데, 아무래도 위험 물질인 것 같습니다."

"아무래도? 위험 물질?"

"이렇게밖에 말을 하지 못하는 걸 이해해 주십시오. 하지만 제대로 된 연구 결과가 없어서……."

"아니, 연구 결과도 없이 어떻게 '아무래도 위험 물질'이라는 말이 나옵니까?"

"대학 쪽으로 막대한 예산이 갔습니다. 그런데 얼마 후에 그 돈을 받은 교수가 이쪽에 유리한 실험 보고서를 냈거든요."

"실험 보고서를요?"

"네. 그런데 생각해 보면, 그렇게 효과가 좋은 거라면 회사에서 그 교수에게 뇌물을 줄 이유가 없습니다. 애초에 연구 실험비는 대학 계좌로 가니까요. 따로 그 교수에게 돈을 수억씩 줄 이유가 없지요."

"수억씩이나 준다고요?"

"네."

"아니, 도대체 그 물건이 뭔데 그렇게 수억씩 줘 가면서 연구를 한단 말인가요?"

노형진은 무심결에 물었는데, 그 다음 말에 소름이 쫘악 끼쳤다.

"자동 분사 방향제입니다."

⚖

대한민국에서 일어난 자동 분사 방향제 사건.

자동 분사 방향제는 공식적으로는 인체 실험 없이 공산품으로 분류되어 발매된 물건으로, 자동 분사기에 방향제가 탑재되어 있다.

이것은 일정 시간이 되면 자동으로 방향제를 공기 중에 뿌리는 역할을 하는데, 방향제에는 강력한 탈취 효과가 있기에 수많은 사람들이 이용하고 있다.

'젠장…… 그러고 보니 이때쯤인가? 아니야. 아직 3년은 더 있어야 사건이 커지는데?'

노형진은 잊고 있던 사건이 머릿속에 떠올랐다.

자동 분사 방향제 사건은 대한민국을 뒤흔들었던 사건이다. 자동 분사 방향제가 사실상 화학물질로 만들어져서 그 안전성이 검증되지 않았음에도 불구하고 무차별적으로 사용되어 사람들에게 큰 피해를 준 것이다.

공식적인 피해자만 삼백 명이 넘으니 비공식적으로는 얼마나 되는지 알 수가 없었다. 그럴 수밖에 없는 게 공기 청정 효과도 있다는 말에 너도나도 사용했기 때문이다.

"아무래서 그게 의심스러워서 기록을 확인했는데 인체 실험에 관한 자료가 없더군요."

"그럴 겁니다."

"어떻게 아십니까?"

"그냥…… 성화라면 그럴 것 같아서요."

노형진은 대충 둘러대면서 시선을 돌렸다.

사실 미래에도 그것에 관한 많은 문제가 있었다. 정작 사람이 숨 쉬는 공기에 뿌리는 건데 사람에 대한 어떠한 실험도 한 적이 없었던 것이다.

"그 실험을 한 게 그 대학 교수고요?"

"네…… 이건 정말이지……."

그는 답답한 듯 말을 아꼈다.

그는 그쪽 계통에 있는 사람이다. 그러니 그쪽 계통이 어떤 식으로 돌아가는지 너무나도 잘 알 수밖에 없다 .

"제 생각에는 이쪽에서 뇌물을 주고 실험을 조작한 것 같습니다. 솔직히 말해서 그런 사건이 한두 번도 아니니까요."

그는 걱정스럽게 말했다. 그런 식의 일은 너무나 비일비재해서 이야기하기에도 창피한 수준이었다.

"그런데 그걸 제보하려고 한 이유가 뭡니까?"

"그래서 제가 한번 해 보려고 했거든요."

"네? 직접 해 보려고 했다고요?"

"네, 그런데 제가 그 이야기를 하자 회사에서 결사반대하더군요. 그게 이상했습니다. 연구 결과가 믿을 만하다면 동일한 결과가 나올 테니 반대할 이유가 없거든요."

노형진은 고개를 끄덕거렸다. 동일한 결과가 나온다면 당연히 문제가 안 될 것이다.

"그런데 제가 연구한다고 하자 마구 욕을 하더군요. 심지어 더 이상 파고들면 해직시키겠다고까지 했습니다."

"그래서?"

"네."

"정부에는 신고해 볼 생각은 안 해 보셨습니까?"

"어떻게요?"

조준혁은 씁쓸하게 말했다. 노형진은 그런 그를 보면서 안타까운 얼굴이 되었다.

"증거가 없습니다. 증거도 없이 고발하면 무슨 의미가 있나요. 어차피 그들은 성화의 편인데요."

"하긴……."

그걸 관리해야 하는 정부 기관들은 이미 성화와 같은 거대 기업들에게 뇌물을 받고 넘어간 상태다. 고발해 봤자 바뀌는 것은 없고 불이익만 받는 것이다.

"제 선배들이 그렇게 했다가 결국 인생이 망가지는 걸 숱하게 봤습니다. 전…… 그렇게 할 자신은 없더군요."

"자신이 없는 게 아니라 지혜로운 겁니다. 그걸 대룡에 들고 오셨으니까요."

그는 아마도 최후의 수단으로 대룡을 생각했을 것이다. 대룡은 성화와 전쟁 중이니 성화에게 한 방 먹일 수 있다면 뭐든 다 하려고 할 테니까.

"그런데 생각처럼 안 되더군요."

노형진은 유민택을 바라보았다. 유민택이 아무리 대기업이고 그들의 영향을 받는다고 하지만 이걸 그냥 넘어갈 것 같지는 않았기 때문이다.

"나도 자네처럼 생각은 했지. 그런데 문제가 있네."

"어떤 문제요?"

"해당 제품을 비슷하게 만들어 파는 곳들이 너무 많아. 거기에다 그런 곳들은 하나같이 쟁쟁한 거대 기업일세."

"아!"

노형진은 유민택이 왜 비밀리에 여기까지 왔는지 알아차렸다.

이것이 법이다

"우리가 조사한 것에 따르면 비슷한 성분으로 제품을 만들어 파는 곳은 무려 일곱 군데나 되네. 그중에서 다섯 곳은 대기업이고……."

"상황이 좋지 않군요."

"그렇지."

만일 대룡에서 이걸 가지고 공격하기 시작한다면 그 공격 대상에는 성화뿐만 아니라 다른 네 곳도 포함되게 될 것이다. 그러면 그때는 지금처럼 대룡 대 성화의 싸움이 아니라 대룡 대 성화 연합군의 싸움이 되는 셈이다.

"나도 문제가 있다는 걸 알지만……."

아무리 대룡이 크다고 해도 그걸 이길 수 있을 정도의 능력은 가지고 있지 않다.

"더군다나 한 곳은 우리 대룡보다 크네."

그런 곳이 성화와 연합하면 대룡은 말 그대로 풍전등화 신세가 된다.

"내가 아무리 화가 났다고 하지만 이성을 잃어버린 것은 아닐세."

"후우, 이해합니다."

이런 화학제품은 단순히 '물건에 하자가 있습니다.' 같은 수준이 아니다. 사람들의 입장에서는 사실상 독극물을 팔았다는 상황이 되니 그 회사의 인지도는 바닥으로 떨어질 게 뻔하다.

'그리고 그들이 그 사실을 공개한 대룡을 그냥 둘 리 없지.'

그들이 대룡과 성화의 싸움을 그냥 두는 이유는 간단하다. 틈틈이 어부지리를 노리고 있기 때문이다.

"내가 봐서는 이건 아닐세, 아무리 돈이 우선이라고 하지만 사람을 대상으로 확인도 안 된 걸 팔다니."

"확인이 안 된 정도가 아니라 그거 독극물입니다."

"뭐?"

"아니…… 그럴 가능성이 높다는 겁니다."

"끄응……."

사람을 조금씩 죽여 가는 독극물. 그게 현실이다.

"그래서 내가 여기까지 온 거네."

어찌 되었건 중요한 사실인 만큼 해결해야 하기는 하는데 이번에는 대룡은 전면에 나서서는 안 된다. 하나 그렇다고 조준혁 혼자 나서자니 대룡도 할 수가 없는 걸 혼자서 할 수 있을 리 없다.

'하긴…… 이게 진실이 밝혀지는 데에만 5년이나 걸렸지.'

처음에는 시끄러웠다. 그러나 각 기업들은 엄청난 뇌물을 뿌림과 동시에 방송국을 압박하기 시작했고, 단 하루 만에 마치 마법처럼 모든 뉴스가 사라졌다. 사람들은 기억하지만 누구도 생각하지 않았고, 진실이 알려진 것은 5년이라는 시간이 지나서 선거가 끝나고 그 뇌물을 받은 정치인들이 대거 탈락하면서였다.

이것이 삶이다

'그리고 명대사를 남겼지.'

그 당시 성화의 대표라는 인간은 국민들과 기자들에게 사과를 한다면서 고개를 숙였다. 물론 진짜 피해자들은 부르지도 않았다.

그런데 그렇게 고개를 숙이고 난 후 그가 자신의 마이크가 켜진 것도 모르고 옆에 있던 변호사에게 '내 연기 어때? 진짜 잘하지 않았냐?'라고 물어보는 바람이 그들의 진실이 만천하에 드러났다.

'애초에 그게 독극물인 걸 알고 있었지.'

수차례의 동물실험 결과 그게 흡입되면 상당히 안 좋다는 걸 알면서도 그들은 판매를 강행했다.

"하아, 진짜 우리나라는 징벌적 배상 제도를 만들어야 한다니까요."

"갑자기 무슨 말인가?"

"아니요. 그런 게 있습니다."

그 당시 그 위험 물질이 들어간 걸 판 곳은 대한민국뿐이다. 이유는 간단하다. 다른 나라에서는 만일 걸리면 재기 불능 수준으로 두들겨 맞지만 한국은 피해자에게 돈 좀 쥐여 주면 땡이라는 식으로 생각하기 때문이다. 수천억을 벌고 수억 정도 손해 보면 남는 장사라는 인식.

"그래서 그걸 막기 위해서 대룡으로 온 겁니까?"

"네, 비밀리에요. 공식적으로는 정직 기간입니다."

"정직? 왜요?"

"실험을 저 혼자서라도 하려고 했거든요."

"헐?"

그는 뭔가 이상하다는 걸 느끼고 혼자서라도 실험하려고 했다. 하지만 개인이 그 실험에 필요한 물건을 가지고 있을 리 만무하니 결국 회사 물건을 써야 했고 그걸 알아챈 성화는 그를 물품 무단 사용을 핑계로 정직시켜 버렸다.

"그래요?"

"네, 아마도 정직이 풀리면 해직당할 것 같은데……."

노형진은 모르겠지만 원래 역사에서 조준혁은 이 모든 것을 가지고 정부에 제보했다. 하지만 그에게 돌아온 것은 비참할 정도의 보복이었다. 동종 업계에서는 일자리를 찾을 수도 없었고, 회사에서는 민사를 통해서 수억 원의 손해배상까지 요구했다. 그래서 공공의 안녕을 위해서 비밀을 공개했다는 것은 전혀 도움이 되지 않았고 결국 그는 그들 때문에 파산했던 게 원래 역사였다.

하지만 이번에는 대룡이라는 라이벌, 그것도 극도로 적대적인 라이벌이 살아남았고 그걸 안 그가 이쪽으로 오면서 역사가 바뀐 것이다.

"어떻게 생각하나?"

"글쎄요……."

노형진은 조용히 생각에 잠겼다. 너무나도 많은 고민을 했지만 이건 상당히 예민한 문제였다.

"무작정 터트리는 건 의미가 없는 사건입니다. 터트린다고 해도 언론이 그들에게 통제될 가능성이 높으니까요."

"그럴까?"

"네, 우리는 이 물건이 위험하다는 어떠한 증거도 없습니다. 그에 반해서 저쪽은 이 자동 분사 방향제를 수년간 판매한 기록이 있지요. 장기적인 문제가 있겠지만 현재 단기적으로는 어떠한 기록도 없습니다."

"흠…… 실험해서 그 기록을 공개하면?"

"그러면 대룡이 표적이 될 겁니다. 그렇다고 조준혁 씨가 혼자 연구해서 발표한 걸 그들이 믿어 줄 리는 없지요."

"그럼 조준혁 씨가 외부에 의뢰해서 연구하면?"

"과연 개인을 위해서 진실을 말해 줄 곳이 있느냐가 문제이지만 그 정도는 충분히 덮을 수 있습니다. 대기업이 세 군데입니다."

"끄응……."

유민택은 몇 가지 방법을 생각해 봤지만 도무지 방법이 없었다. 하긴, 자신조차도 혹시나 일이 터졌을 때 대룡에 문제가 될까 해서 몰래 이곳으로 왔다. 하물며 조준혁은 일을 터트렸을 때 과연 그걸 감당할 수 있을 리 없다.

"노 변호사, 자네는 어떻게 생각하나?"

"글쎄요……. 이건 참 애매하군요."

비슷한 기능을 하지만 성능이 다른 건 공격하기 쉽다. 성화가 공격당하면 그 대체재를 가진 기업의 물건이 잘나가니까. 그래서 다른 곳에서도 뭐라고 하지 않는다.

'하지만 이건 누가 봐도 너무 비슷한 거란 말이지.'

한쪽에서 만들어서 잘되니까 여기저기서 비슷하게 만들어서 팔아먹는 물건. 그렇다 보니 아무래도 성분 자체가 비슷할 수밖에 없다. 그러면 자신들이 공격하기가 애매해진다.

"일단은…… 그 성분에 대해서 정확하게 조사하는 것이 좋겠습니다."

노형진의 말에 유민택은 고개를 끄덕거릴 수밖에 없었다.

"완전 이거 골 때리는데요?"

무태식은 기록을 찾다가 고개를 흔들었다. 아무리 찾아도 관련 기록 자체가 전혀 없었기 때문이다.

"아니, 이렇게 전혀 실험도 안 된 물건을 그냥 막 쓴다고요?"

"그게 현실입니다."

"와, 이거 미쳤네, 미쳤어."

그는 질려 버렸다는 얼굴이 되었다.

당장 얼마 후에 아버지가 되는 그는 이러한 일을 엄청나게 예민하게 받아들였다.

"아니, 이런 식으로 무차별적으로 쓰면 땡이라는 겁니까? 무슨 대기업이 이래요?"

"기업은 사람이 없습니다. 양심이 없지요. 오로지 이익만을 따릅니다."

"하지만 기업을 운영하는 건 사람인데."

"우리나라 재벌가들이 얼마나 비양심적인데요."

"끄응……."

"사실 그건 우리나라만의 문제는 아닙니다. 우리나라가 좀 심하기는 하지만 말이죠."

심지어 미국 같은 나라의 기업도 비양심적인 행동을 하는 경우가 많다. 아무리 법적으로 강하게 처벌해도 그들은 돈을 위해서 거리낌 없이 행동한다.

'아무리 강도를 처벌해도 강도가 있듯이 말이다.'

다만 그 숫자를 줄이고 피해를 막는 것은 그걸 어떻게 해결할 것인가 하는 의지에 달려 있다. 하지만 대한민국에는 그런 의지가 없다. 문제가 생기면 일단 피해자에게 뒤집어씌우고, 그게 안 될 경우 지금까지 번 돈에서 한 2억쯤 찔러주면 끝이다.

'그렇다 보니 해외 기업들도 한국 국민을 대상으로 실험을 많이 하지.'

한국에서 성공하면 세계에서 성공한다. 이게 산업계에서 들리는 말이다. 하지만 이는 반대로 전 세계에서 뭔가 나오면 가장 먼저 실험 대상이 되는 것 역시 대한민국이라는 소리가 된다.

"역시 이건 의미가 없는 것 같군요."

노형진은 논문들을 뒤졌지만 관련 증거를 찾을 수가 없었다. 하긴, 애초에 수년 후 정부에서 관련 기록을 찾았을 때에도 관련된 자료가 전혀 없었는데, 지금 그런 것에 관련된 자료가 있을 리 없다.

"일단은 우리가 직접 실험해 보는 건 어떨까요?"

그 방법이 가장 효과적이기는 하다. 하지만 노형진은 그 부분에 대해서도 부정적이었다.

"일단 할 수는 있습니다. 하지만 그렇다고 그게 효과를 발휘할 것 같지는 않군요."

"네? 왜요?"

"보통 이런 실험은 짧아도 6개월, 길면 1년 이상 걸립니다. 그 미만은 공신력이 떨어진다고 판단하죠."

"아!"

"제약 회사에서 신약이 그렇게 쉽게 안 나오는 게 이런 실험 기간 때문입니다."

이런 공산품과 다르게 제약은 사람에게 직접 먹이는 거라 무척이나 정밀하게 실험한다. 당연히 그 시간이 무척 오래 걸린다. 그래서 제약 회사에서 어떤 약이 성공적으로 실험이 끝나 간다고 하면 주식이 오르는 건 흔하게 있는 일이다.

"공신력을 얻기 위해서는 최소한 제약 회사와 비슷한 실험을 해야 합니다. 하지만 그러기에는 상당히 오랜 시간이 걸리지요."

"하아."

노형진의 말에 무태식 변호사는 고개를 절레절레 흔들었다.

"그렇다고 이대로 둬요?"

"글쎄요."

노형진으로서는 상당히 대책이 없는 상황이었다. 이건 법적으로는 완벽하게 저쪽이 맞는 상황이기 때문이다.

"뭘 그렇게 고민하세요?"

"소라 씨? 어쩐 일입니까?"

노형진이 무태식과 이런저런 이야기를 하고 있을 때 빼꼼하게 고개를 내미는 사람이 있었다.

"요 며칠 안 보이시더니?"

"아, 다른 변호사 사무실에서 도움을 요청해서요. 그래서 외근을 좀 했지요. 딱 봐도 경찰이 엉뚱한 사람을 잡아서 족치고 있더군요."

"그래요?"

"네."

다른 변호사 사무실에서도 프로파일러가 필요한 경우가 있다 보니 그럴 때마다 새론에서 소정의 비용을 받고 그들을 파견하는 것이 일상이라 김소라는 생각보다 사무실에 들어오는 날이 적었다.

"그런데 보아하니 무슨 일이 있나 본데?"

"어떻게 아셨습니까?"

"내가 누군지 잊으셨나요? 내가 너무 오랜만에 출근했나?"

노형진은 씁쓸하게 웃으면서 고개를 끄덕거렸다.

"문제가 좀 있기는 하지요."

"어어."

노형진이 말하려고 하자 무태식은 당황했다. 극도로 보안을 유지하면서 현재 사건을 진행하고 있는데 지금 막 들어온 김소라에게 사실을 말하려고 했기 때문이다. 당장 이 사건에 대해서 아는 사람은 단 세 명, 노형진과 무태식 그리고 송정한뿐이다.

"무슨 일인데요?"

"무 변호사님, 이럴 때는 새로운 관점이 필요할 수도 있는 겁니다."

"하지만……."

김소라는 그 특성상 외부에서 만나는 사람이 많다. 그래서 무태식이 걱정하는 것이다.

하지만 노형진은 그걸 걱정하지 않았다.

"김소라 씨가 그렇게 쉽게 말할 사람은 아니지 않습니까? 이런 프로파일러들에게 중요한 것은 무거운 입입니다. 보이는 대로 다 말하면 주변에 불신만 뿌리고 다니는 꼴이 되니까요."

"맞아요."

김소라도 고개를 끄덕이자 무태식은 어깨를 으쓱했다.

"하긴…… 현재로써도 답이 안 보이기는 하네요."

현행법상 이쪽은 완벽하게 저쪽에 유리하다. 아무리 노력해도 이길 수 있는 상황이 아닌 것이다.

"무슨 문제인데요?"

김소라는 고개를 갸웃하면서 다가오자 노형진은 지금 벌어진 사태에 대해서 차근차근 이야기하기 시작했다.

"사실은……."

지금까지 벌어진 사실에 대해서 한참 듣고 있던 김소라는 얼굴을 찌푸렸다.

"그거 완전 테러 아닌가요?"

"테러요?"

"그렇잖아요. 사람에게 어떤 영향을 줄지 알지도 못하면서 마구잡이로 공기 중에 뿌린다는 게 테러지 뭐예요?"

"하긴…… 테러일 수도 있겠네요."

돈을 목적으로 한다는 점에서 테러라고 봐도 무방했다.

"하지만……."

김소라는 곰곰이 생각에 빠졌다. 그리고 얼마 지나지 않아서 고개를 절레절레 흔들었다.

"방법이 없네요. 어지간한 건 다 합법 라인 안쪽인데, 그렇다고 검증되지 않은 걸 공표할 수도 없고. 대룡의 힘으로도 이번에는 좀 위험하고."

"그렇지요?"

"뭐, 어디서 여럿 죽어 나가면 모를까."

"그게 문제입니다."

이 사건이 터진 것은 몇 년 후 수많은 사람들이 죽어 나가고 나서다. 더군다나 그렇게 죽은 대부분의 대상들이 아직은 약한 미성년자들이나 신생아들이었다. 그래서 사회적으로 엄청난 논란이 된 것이다.

"그렇다고 누굴 죽일 수는 없잖아?"

"그렇지요. 누굴 죽일 수는……."

노형진은 그 말을 하다가 문득 뭔가 생각났다.

"오오오."

"아니, 갑자기 왜 그러십니까?"

"저 표정, 저 표정. 노 변호사님이 꼼수를 생각해 냈을 때 짓는 표정이야."

"그런 것도 있어요?"

무태식은 기가 막히다는 듯 그녀를 바라보았다.

"아니, 나보다 오래 같이 있었던 사람이 그걸 모르면 어떻게 해요?"

"아니, 제가 김소라 씨처럼 무슨 심리를 읽어 내는 요술을 부리는 것도 아니고"

"프로파일은 요술이 아니라 과학이라고요!"

막 떠드는 그들 때문에 노형진은 소리를 버럭 질렀다.

"쉿! 조용히 좀 해 보세요!"

"아, 네……."

"으험…… 네……."

조용해진 두 사람.

그 뒤, 노형진이 생각에서 헤어날 낌새를 보이지 않자, 그들은 어깨를 으쓱하고는 천천히 사무실 밖으로 나갔다.

그리고 몇 시간 뒤, 노형진은 고개를 번쩍 들었다.

"좋은 생각이 났습니다. 이 방법을 쓰면…… 어?"

그러나 보이는 것은 해가 져 컴컴해진 자신의 사무실뿐이었다.

"방법이 있다고요?"

"네."

"어떤 말인가? 나도 아무리 생각해도 법적으로는 어떻게 할 수 있는 방법이 없는데?"

유민택은 어이가 없었다. 자신은 물론 법무 팀, 심지어 송정한이나 머리 좋다는 놈들이 죄다 달라붙었지만 싸우지 않고 이길 수 있는 방법은 없었다.

아니, 애초에 싸운다는 것 자체가 큰일이라고 절대 하지 말라고 다들 유민택을 말렸다.

그런데 노형진 혼자서만 방법이 있노라고 말하고 있는 것이다.

"약간의 속임수를 쓰면 됩니다."

"약간의 속임수?"

"네."

"어떻게? 속임수로 이런 문제가 해결될 리 없지 않은가?"

노형진의 말에 유민택은 걱정스럽게 말했다. 하지만 노형진은 단순히 거짓말하는 걸로 이걸 해결하려고 하려는 것이 아니었다.

"일종의 심리 전술을 이용하는 거지요."

"심리 전술?"

"네. 저희 회사에 김소라라는 직원이 있습니다. 그녀가 그렇더군요, 이거 완전히 테러라고."

"테러?"

"네."

사람에게 해를 끼칠 수 있는 화학물질을 판매해서 공기 중에 뿌리는 건 사실상 테러라고 봐도 무방하다. 그게 독가스일 수도 있으니까.

"거기서 이런 생각이 든 겁니다."

"어떤?"

"과연 진짜로 테러가 생기면 사람들은 어떻게 반응할 것인가?"

"응?"

노형진의 말에 유민택은 고개를 갸웃했다. 설마 진짜로 그걸 테러하자는 소리는 아닐 테지만, 그렇다고 사람들에게 그게 테러라고 알리는 것은 더더욱 아닐 테니 말이다.

"사람들의 반응?"

"네. 기억하십니까, 몇 달 전의 불소 사태?"

"불소 사태? 그 불소 누출 사고 말인가?"

"네."

"기억하지. 한참 시끄러웠지 않나?"

불소는 흔하게 사용되는 화공 약품이다. 하지만 뭐든 그렇듯이 양이 많아지면 사람들에게 좋을 게 하나도 없는 것이기도 하다.

"그 당시에 주변에서 주민들이 대피하고 난리가 났지요."

"그렇지."

"그런데 그때 재미있는 현상이 벌어졌습니다. 불소 함유 치약의 판매량이 급감했지요."

"그랬나?"

"네."

워낙 미미하게 지나간 뉴스라 다들 기억하지 못하고 있겠지만 노형진은 확실하게 기억하고 있었다.

"그 당시 언론은 불소가 발암물질이라고 마구 이야기했습니다. 뭐, 틀린 말은 아닌데 그 정도에 이르려면 하루에 한 스푼씩 먹어야 한다는 부분은 쏙 빼 버렸죠."

"그랬나?"

"네."

언론은 자극적인 부분만을 강조한다. 그렇기 때문에 안전 기준 같은 것을 자세하게 이야기하지 않는다. 그저 발암물질 이라는 한마디만 던져 줄 뿐이다.

"즉, 무차별적인 공포에 대해서는 사람들이 예민하게 반 응한다는 겁니다. 그리고 테러의 궁극적인 목적은 바로 그 무차별적인 공포를 조성하는 것이지요."

"음……."

노형진의 말에 유민택은 고개를 끄덕거렸다.

자신이 아무리 사업가라고 하지만 싸우다 보면 테러범이 있는 나라에 진출할 때도 있다. 당연히 그들의 목적도 충분 히 알고 있다.

"우리는 그 부분에 집중하는 겁니다."

"집중하자니?"

"테러는 아니지만 공포감을 야기할 수는 있지요."

"아!"

유민택은 노형진이 노리는 바를 알아차렸다.

"사람들에게 그 화학물질에 대한 공포감을 일으키자 이건가?"

"네. 그렇게 되면 사람들은 극도로 조심하게 될 겁니다."

우리나라는 유난히 호들갑스러운 부분이 있다. 너무 무시하는 것도 문제지만 그렇다고 너무 호들갑스러운 것도 문제이기는 하다.

"어떤 사유로 사람들이 그것에 대해서 공포감을 가진다면 정치권이나 기타 사람들이 그것에 대한 안전 규정을 강화하려고 하는 건 아시지요?"

"그렇지. 그런 건 자주 있는 일이지."

"그러면 그 물질에 대한 자세한 연구가 동반되게 됩니다. 그 과정에서 국내에서 사용 금지된 몇 가지 물질도 있지요."

"그걸 이용해서 사람들을 자극하겠다?"

"네."

연구를 하게 되면 분명 해당 물질에 대해서 좋지 않은 결과가 나올 수밖에 없다. 관심을 끌고 있는 만큼 그 물질에 대해서 연구하는 곳은 한 곳이 아니라 여러 곳일 텐데, 그런 곳은 성화가 돈을 주고 위탁한 게 아니라 자발적으로 한 것인만큼 성화가 돈으로 휘두르기에는 한계가 있을 수밖에 없다.

"한두 개 정도는 안전하다는 결과가 나올 수밖에 없죠. 하지만 또 다른 한두 개는 위험하다는 결과가 나올 수밖에 없습니다. 그러면 사람들은 의심하게 되죠."

"좋은 생각이기는 한데 가장 중요한 부분이 빠져 있네. 어떻게 불안감을 조성할 건가?"

가장 중요한 부분이 바로 그것이다. 그걸 주변에 뿌릴 수는 없는데, 그렇다고 그냥 불안하다고 외치고 다닐 수도 없는 노릇이다. 더군다나 이 일에서 대룡은 절대로 전면에 나서서 싸운다는 이미지를 줘서는 안 된다.

"사고를 이용해야지요."

"사고?"

"네. 살다 보면 사고란 있을 수 있으니까요."

"사고라……."

"옛날에 어떤 다리에 관한 재미있는 전설이 있습니다."

어떤 현자가 악마와 계약했다. 하루 만에 다리를 건설해 주면 그 다리에서 처음으로 건너가는 생명체의 영혼을 주겠노라고.

악마는 그 계약을 믿고 하룻밤 만에 그 자리에 다리를 만들었다. 그러자 그 현자는 그 다리에 맨 처음 사람이 아닌 고양이를 지나가게 만들었다.

"결국 악마는 고양이의 영혼밖에 가지고 가지 못했지요."

"지금 동물을 이용하자는 건가?"

"네."

"흠…… 좋은 생각이기는 한데……."

그러기 위해서는 수많은 동물들의 목숨이 필요하다. 당연히 그에 대해 약간의 미안함은 들 수 있었다.

"그 짐승들을 어떻게 죽일까? 짐승을 죽이는 게 쉬운 건 아닌데."

노형진의 계획은 확실히 좋았다. 문제는 그곳에서 실험을 위해서 들어간 짐승이 죽었다는 것을 증명하기 위해서는 실제로 짐승이 죽어야 한다는 뜻이기도 했다.

"사람 목숨이 확실히 짐승 목숨보다는 중요하기는 하지만 그렇다고 섣불리 죽이는 것은 좋은 생각이 아닌데."

유민택은 약간은 걸끄러운 모양이었다.

하긴, 이 작전을 실행하기 위해서는 단순히 몇십 마리 수준으로 끝나서는 안 된다. 못해도 몇백 마리가 한꺼번에 죽어야 사람들이 경각심을 가질 것이다.

"그 부분도 생각했습니다."

"어떻게 말인가?"

"우리에게 필요한 것은 뭡니까?"

"뭐?"

"우리에게 필요한 거 말입니다."

"그거야 짐승이지."

"어떤 짐승이 필요하죠?"

"글쎄…… 보통은…… 쥐나 개 같은 거 아닌가?"

가장 실험에 많이 사용되는 것은 쥐나 개, 아니면 돼지 같은 종류다. 그러니 그런 짐승들이 대단위로 죽어야 한다.

"아, 질문을 정정하죠. 우리가 필요한 건 어떤 상태의 짐승입니까?"

"당연히 죽은 상태의 짐승이지."

"그런데 우리가 굳이 비싼 돈을 줘 가면서 산 짐승을 살 필요가 있습니까? 우리나라에 있는 실험실이 몇 개인데요."

"응?"

생각해 보니 그렇다. 어차피 이번 작전에서 필요한 것은 살아 있는 짐승이 아니라 살아 있었다고 추정되는 짐승의 사체다.

"대부분의 동물의 사체들은 안전을 위해서 소각 처리합니다. 하지만 그쪽에 몇 푼 쥐여 주면 빼돌리는 것은 문제도 아니죠."

설사 빼돌린 후에도 그들이 그걸 이야기할까? 이야기하는 순간 자기 인생은 끝장인데?

"오!"

"공식적으로 우리가 할 일은 살아 있는 짐승이 들어가는 것과 그게 죽어서 나온 것만 확인시켜 주면 되는 겁니다."

그렇게 하면 훨씬 비용도 아낄 수 있다. 당연히 그런 사고가 났으니 준비하던 프로젝트를 포기한다고 해서 이상하게 생각할 사람은 없다.

"하하하."

노형진의 말에 유민택은 크게 웃었다. 웃을 수밖에 없었다.

"역시 자네는 대단해. 도대체 머릿속에 뭐가 들어가 있는지 신기할 정도라니까."

어떠한 문제든 해결하고 그와 관련된 것은 자신들이 생각하지 못하는 것까지 미리 다 준비해 두는 그 모습에 유민택은 혀를 내두를 수밖에 없었다.

"그러면 이제 어떻게 할까?"

"일단은 장소를 골라야 합니다. 몇 가지 조건이 있는데 우선 주변에 다른 피해를 입을 사람이 없어야 합니다. 그리고 연구 시설이 들어갈 만한 곳이어야 하지요. 마지막으로는 언론에서 취재하기 쉬운 곳이어야 합니다."

"흠⋯⋯."

유민택은 잠깐 고민하다가 문득 생각난 듯 고개를 들었다.

"박 비서, 지난번에 산 그 건물에 대한 보고서 있지?"

"지난번에 산 보고서라고 하시면?"

"그, 왜, 있잖아, 남동공단에 있는."

"아, 그 창고 부지 말씀하시는군요."

"창고 부지?"

"그래."

유민택은 뭔가 생각난 듯 그걸 바로 가지고 오라고 했고, 잠시 후 그 서류를 보면서 사진을 노형진에게 내밀었다.

"어떤가?"

"그럴듯하군요."

"원래는 무슨 작은 중소기업의 공장이었는데 망해서 나갔지. 때마침 우리가 창고가 필요해서 해당 부지를 구입한 상황이네."

공장 자체는 작았다. 하지만 원래 무슨 공장이었는지는 몰라도 주변의 부지는 무척이나 넓어서 주변에 다른 공장도 없었다.

"주변에 다른 공장들도 모두 망해서 나갔네. 그래서 우리가 구입한 거지. 안 그래도 인천 쪽에 창고를 하나 건설해야 했거든."

"좋군요."

이런 곳이라면 별로 사람들이 영향을 받을 일이 없다. 더군다나 인천이라면 연구소가 있어도 이상할 게 없는 곳이다.

"어떤가?"

유민택의 말에 노형진은 고개를 끄덕거렸다.

"이곳으로 하죠."

그렇게 '악마의 다리 작전'이 시작되었다.

⚖

"제가 연구소장이라고요?"

조준혁은 얼떨떨한 기분이었다. 결국 자신은 성화에서 해고당했다. 사유는 회사 물품의 불법 사용.

"네, 공식적으로는 그렇습니다."

"아니, 왜요?"

"난데없이 엉뚱한 사람을 연구소에 앉혀 둘 수는 없지 않습니까?"

"하지만 전 그래도 전 아무래도 경력이……."

자신은 연구원으로 활동했지, 중요한 사람이 아니었다.

"그건 상관없습니다. 어차피 이 사건에서 중요한 것은 준혁 씨가 경험이 있다는 것이니까요."

"경험?"

"네, 준혁 씨는 성화에서 연구원으로 근무한 경험이 있지요. 그걸 인정받아서 스카우트하는 경우는 흔하지 않습니까?"

"음……."

"공식적으로 대룡은 성화에 대항하기 위하여 자동 분사 방향제를 개발하는 겁니다."

"그리고 그쪽에 경험이 있는 절 초청한 거다?"

"네."

흔하게 벌어지는 일이고 그다지 이상할 게 없는 일이다.

더군다나 대룡과 성화는 전쟁 중이고 상대방 영역에 들어가기 위해서 치고받고 있는 상황.

누가 봐도 이상하지 않은 일이다.

"그런데 뭐라고 해야 합니까? 그냥 죽었다? 그냥 죽어서 위험하다고 할 수는 없지 않습니까?"

조준혁은 걱정스럽게 말했다.

아무리 자신이 이상 징후를 느꼈다고 하지만 해당 물질에 대한 어떤 정보도 없다. 공식적으로 그건 사용이 가능하도록 허가된 공산품이다.

물론 흡입에 관해서 허가된 제품은 아니지만 말이다.

"어떤 부분에서 위험한지 공개는 해야 합니다."

"그건⋯⋯."

노형진은 고민하다가 입을 열었다.

'그래, 장기적으로 보자.'

지금 막지 못하면 치명적인 피해가 발생한다. 사건이 터졌을 당시에 환자의 69%가 1년 미만의 사용 기간을 가지고 있었다. 그 말은 이 사건이 터지기 전에 이유도 알지 못한 채로 죽은 사람이 1만 명이 넘을 수도 있다는 소리다. 지금까지 사용되었고 이 순간에도 계속 사용되고 있으니 말이다.

"그 점에 대해서는 외부의 정보원이 약간의 힌트를 줬습니다."

"힌트?"

"해당 물질이 폐에 반응한다고 하더군요."

"폐요?"

"네."

뭔가 의심스럽다는 생각했지만 폐라는 소리는 듣지 못했기 때문에 조준혁은 어리둥절할 수밖에 없었다.

"그 당시 대학에서 실험에 참가한 사람이 교수만 있는 건 아니니까요."

"아!"

조준혁은 이해한다는 듯 고개를 끄덕거렸다.

그 실험은 한 것은 그 교수지만 실질적으로 그런 실험을 하는 사람은 대부분 학부생들이다. 교수는 자신의 이름을 걸고 그들을 부려 먹다가 외부에 발표만 할 뿐이다.

"이건 비밀입니다."

"네."

자신만 해도 단순히 의심을 품었다는 이유로 성화에서 해고당했다. 만일 실험실에서 있던 사항을 외부에 공개한 사람이 있다면 그의 인생은 말 그대로 나락으로 떨어질 것이다.

"그 사람의 말에 따르면 해당 물질은 폐섬유화를 일으켜서 폐가 점점 굳어지게 만든다고 합니다."

"뭐라고요!"

조준혁은 자신도 모르게 벌떡 일어났다. 자신은 의심만 했지, 그런 것에 대해서는 전혀 알지 못했다. 그런데 폐섬유화라니?

"설마 저와 대룡이 준혁 씨의 말 하나만 믿고 이렇게 돈을 들여서 계획을 짠다고 생각한 건 아니죠?"

"아…… 그렇겠군요……."

그는 고개를 끄덕거렸다. 물론 유민택은 성화를 날릴 수 있다는 생각 때문에 진행하는 것이기는 하지만 말이다.

"저희도 정보 라인이 있습니다. 그 정보에 따르면 그 자동 분사 방향제를 밀폐된 공간에서 사용하는 경우 폐에 반응해서 폐섬유화가 진행된답니다. 특히 성장기 아이들이나 신생

아에게는 치명적일 거라고 하더군요."

"네에? 아니, 그럼 그거 미친 거 아닙니까?"

조준혁은 얼굴이 창백해졌다. 그럴 수밖에 없는 것이 성화에서는 해당 자동 분사 방향제를 아이들을 위한 필수 용품처럼 홍보해 놔서 많은 부모들이 자신의 아이들을 위해서 그걸 사용하기 있기 때문이다.

"네."

"그런데 어떻게 안전하다는 결과가 나온 겁니까!"

"해당 물질이 일정 수치 이하가 되도록 환기시키면서 실험했다고 하더군요."

"미친……."

상식적으로 자동 분사 방향제를 문을 열고 쓰는 사람은 없다. 즉, 그걸 사용할수록 공기 중에 해당 물질의 농도가 더욱 높아진다는 소리이니 당연히 사람에게 더욱 치명적일 수밖에 없다는 뜻이 된다.

"이런…… 말도 안 되는……. 그럼 성화는 그걸 알고 있단 말입니까?"

"그럴 가능성이 높지요."

다른 기업은 확실하게 알 수 없다. 하지만 성화의 경우 대학 교수에게 그 검사를 맡겼으니 그 결과를 받았을 것이다.

"상식적으로 그걸 모르면서 대학 교수에게 수억 원의 돈을 줄 이유가 없지요."

학교에 기금을 내는 것도 아닌데 대학 교수에게 수억의 돈을 준다는 것은 알리고 싶지 않은 것을 감추기 위해서일 수밖에 없다.

"하…… 하지만 대학 교수가 어떻게……?"

"2차 대전 당시 히틀러의 우성학을 가장 열성적으로 퍼트린 것은 다름 아닌 대학의 교수들이었습니다."

"그건 그렇지요……."

2차 대전 당시 히틀러는 아리아인의 혈통이야말로 가장 우수하다고 외치고 다녔다. 그의 말에 따르면 하얀 피부, 금발, 파란 눈이야말로 가장 진화된 것이라 주장했다. 그리고 그 당시 학자들은 그런 그를 위해서 수많은 논문을 발표했다.

"교수 중에서도 양심과 지성을 가진 사람이 있겠지요. 하지만 그런 사람들에게 과연 성화가 일을 맡기겠습니까?"

"하아."

순수하게 자기 연구로 교수의 자리를 차지한 사람도 있지만 하지만 로비와 뇌물, 아부로 교수의 자리를 차지한 사람도 있다. 그런 사람들은 결국은 자신이 투자한 돈을 회수하기 위해서 이런 말도 안 되는 짓거리를 하게 되는 것이다.

"그러니까 우리가 중요한 겁니다. 비록 사고를 위장한다고 하지만 결과적으로 우리는 해로운 물질로부터 국민들을 보호해야 합니다."

"안타깝네요…… 진짜……."

제대로 통제된다면 자신이 자신의 인생을 걸고서라도 충분히 정부에 제보할 의사가 있다. 하지만 그럴 수가 없다는 걸 알기 때문에 그는 결국 정부가 아니라 대룡으로 온 것이다. 최소한 그들은 성화와 사이가 나빠서 죽일 기세로 달려들 것이니 말이다.

"더군다나 이 사건은 워낙 많은 기업들이 관련되어 있기 때문에 섣불리 공개하면 다 같이 그걸 감추려고 할 게 뻔합니다."

"그래서 사고로 처리하고자 하자는 거죠?"

"네."

만일 사고라고 하면 그쪽에서 이쪽을 공격할 이유가 없다. 더군다나 대룡도 그런 물질로 사업하려고 했으니 어쩌면 욕먹을지도 모른다.

'하지만 타격의 강도는 전혀 다르지.'

대룡이 욕먹어도 일단 물건이 나온 것도, 생산이 시작된 것도 아니다. 더군다나 대룡은 그동안 쌓아 온 좋은 이미지가 있다.

하지만 성화는 다르다. 그곳은 이미 생산에 들어가서 엄청난 양이 판매되었고 분명 알려지지 않았을 뿐이지, 그 물질로 인해서 죽은 사람들도 있을 것이다. 그리고 그 공장까지 있는 데다가 성화의 대중적인 이미지는 좋은 편은 아니니까 타격이 훨씬 크다.

"이번 작전은 살을 주고 뼈를 취하는 작전이 될 겁니다."

사고 같지 않은 사고로

"으리으리하네요?"

"으리으리하지?"

"네."

노형진은 화려한 시설을 보면서 혀를 내둘렀다.

"공식적으로 이곳은 자네 말대로 자동 분사 방향제 시장에 뛰어들기 위해서 만든 곳일세. 조준혁 씨는 스카우트 형식으로 고용했고."

"잘하셨습니다. 성화는 어떻게 하던가요?"

"뭐, 법적으로 어쩌지는 못하지."

"하긴, 그럴 겁니다."

"다만 슬쩍 겁은 주더군, 특허를 위반하면 각오하라고."

"지랄하네요."

이 바닥에 특허란 애매하다. 똑같은 물질이 들어가도 비율만 조금 다르면 특허에서 벗어난다. 성화 말고도 다른 곳들에서 함께 만들어 파는 것은 그런 이유에서다.

"뭐, 맘대로 하라고 했지. 어차피 우리는 그걸 만들 계획은 없지 않나?"

"그건 그렇지요."

노형진은 고개를 끄덕거리면서 수많은 시설들을 바라보았다.

"이건 너무 비싼 거 아닙니까?"

노형진은 바닥에 놓여 있는 장비를 보면서 입맛을 다셨다.

"뭐, 플라스크니 비커니 하는 건 얼마 안 되니까 이해를 하겠는데, 원심분리기부터 딱 봐도 비싸 보이는 것들인데요?"

아무리 연구실처럼 꾸몄다고 하지만 상당히 비싸 보이는 곳들이다 보니 노형진은 유민택이 쓸데없는 돈을 쓴 게 아닌가 하는 걱정이 들었다. 하지만 유민택은 웃으면서 장비로 다가왔다.

"이거 말인가?"

"네."

"암, 비싸지. 이거 만드는 데 190만 원 들었네."

"네에?"

커다란 기계 옆에서 그걸 툭 치는 유민택. 그런데 들리는 소리가 '탁' 하는 소리가 아니라 '텅' 하는 빈 소리가 들려 왔다.

이것이법이다

"설마?"

"죄다 빈 걸세. 설마 진짜 장비를 날려 버리겠는가?"

"아!"

대룡의 힘이면 껍데기만 만드는 것은 어려운 일이 아닐 것이다. 그리고 그 껍데기만 있는 것을 여기에 가져다 둔 것이다.

"이 안에 장비 비슷한 걸로 대충 때려 박을 예정이야."

"대충?"

"그래. 그렇게 하면 그럴듯하지 않겠나?"

"하긴……."

방송에 나갔는데 난데없이 속이 텅 빈 게 보이면 의심받을 것이다. 하지만 적당한 장비들로 채워 넣으면 의심을 피할 수 있다.

"짐승들은 어떻게 되어 갑니까?"

"일단은…… 대부분의 짐승들은 확보했네. 개와 쥐 정도는 말이야. 하지만 원숭이는 구하는 게 쉽지 않더군."

"원숭이는 빼죠. 애초에 원숭이는 사체를 구하는 것도 쉽지 않을 겁니다."

"그렇게 하도록 하지. 그렇다고 멀쩡한 원숭이를 죽일 수는 없으니까."

더군다나 원숭이는 무척이나 고가의 짐승이다. 인간과 가장 비슷하기 때문이다.

"사체는 어렵지 않게 구했네. 자네 말대로더군."

"그렇지요?"

쥐의 사체는 아예 따로 파는 사람들이 있다. 그들은 파충류를 키우는 사람들을 위해서 쥐의 사체를 판다. 개의 경우는 미안하기는 하지만 유기견 보호소에서 안락사되는 견종들 중에서 데리고 오기로 했다.

"사람도 배치했네, 공식적으로는."

하지만 그들은 명의만 올라와 있을 뿐, 없는 사람이다. 어차피 사고 예정 시간에는 이곳에 누구도 없을 예정이니까.

"이제 남은 건 기다리는 것뿐이군요."

그리고 그건 시간이 해결해 줄 일이었다.

"대룡이 우리 쪽에 끼어든다고?"

"네."

"이 새끼들이 증말……."

김일성은 이를 박박 갈았다. 지난번에 대룡 때문에 자신이 얼마나 쪽팔렸던가?

'애써 구축한 조직인데.'

자신이 택시 회사를 구입한 것은 자신을 커버할 조직을 만들기 위해서다. 당장 누군가 감시하는 것으로 택시를 의심하는 사람은 없다. 어디에나 다니는 것이 택시니까. 그래서 무척이나 유용하다.

'망할 놈들.'

그런데 노형진과 대룡에 함정에 빠져서 애써 모은 조직원들이 몽땅 잡혀가고 한창 재판 중이다. 수십 명의 실종 및 살인에 대한 재판 중이고 아무리 억울하다고 해도 정체를 알 수 없는 무기가 그들의 피가 묻은 채로 발견된 이상, 혐의를 무조건 부정할 수도 없었다.

"어느 쪽인가?"

"아무래도 자동 분사 방향제 쪽인 것 같습니다."

"자동 분사 방향제?"

"네."

"그건 다른 곳에서도 많이 하잖아?"

"그렇지만 우리 성화가 압도적인 우위를 가지고 있지요."

"그렇지."

"그런데 얼마 전에 이쪽에서 해직당한 남자가 그쪽에 고용되었습니다."

"이유는?"

"자기가 무슨 실험을 한다고 무단으로 우리 쪽 장비를 사용하다가 걸렸답니다."

"무슨 실험?"

"자동 분사 방향제의 안전성 실험이랍니다."

"뭐라고!"

김일성의 눈꼬리가 살짝 올라갔다.

"그게 무슨 말인가? 안전성 실험이라니?"

"갑자기 의심했다고 하더군요."

"의심?"

"네."

"음……."

김일성은 곤란한 표정이 되었다. 자신이 아는 대로라면 그런 정보가 새어 나가면 곤란하기 때문이다.

"그런데 왜 그런 녀석이 대룡으로 넘어간 거야?"

"아마도 대룡에서 우리 시장에 진출하기 위해서 그런 듯합니다. 아시잖습니까? 대룡은 우리와 사이가 안 좋습니다."

"고얀 놈 같으니라고."

사실 김일성은 유민택보다 나이로 보면 훨씬 높다. 그렇다 보니 그는 유민택을 싸가지 없는 후배로 보고 있었다.

"그래서 우리 시장을 노린다?"

"네, 지금까지 계속 그래 왔으니까요. 우리는 대룡의 시장을 노리고, 대룡은 우리 시장을 노리고."

"흠……."

김일성은 심각한 얼굴로 생각에 빠졌다. 그리고 한참 지나서 천천히 입을 열었다.

"이봐, 이 비서."

"네, 회장님."

"만일 대룡에서 이걸 안다면 곤란하겠지?"

"곤란하지요. 아주 곤란할 겁니다."

자신들이 받은 보고서대로라면 자신들은 졸지에 대량 학살범이 될 수도 있다.

물론 그거야 대충 돈 몇 푼 던져 주고 시간이 지나면 다 잊어버리겠지만 문제는 자신들과 대룡이 전쟁 중이라는 것.

만일 그런 게 바깥으로 나가면 자신들의 이미지가 안 좋아질 테고 그곳을 대룡이 파고들 것이다. 당연히 자신들의 시장 지분을 그들에게 빼앗길 텐데, 나중에 한국 국민들이 그걸 잊어버린다고 해도 지분을 다시 찾아오는 것은 쉬운 일이 아니다. 돈 몇 푼 주는 것보다 더 곤란한 문제인 것이다.

"그렇다면 어떻게 해야 할까?"

"네?"

"자네 생각에는 말이야. 대룡에서 그 사실을 감추기 위해서는 어떤 방법이 좋을까?"

"그거야……."

이 비서는 입을 다물었다.

'이런 싯팔…….'

이미 답은 알고 있다. 아니, 알 수밖에 없다. 한 가지 방법뿐이니까.

문제는 그걸 김일성이 이야기하지 않는 것은 책임지기 싫어서다. 명백하게 불법이고 그걸 행했다가 걸리면 문제가 될 테니까. 그러니 그걸 실행하는 것은 자신이 하라는 소리다. 문제가 된다면 모든 책임은 자신이 지는 것이다.

"이 비서라면 방법이 있겠지?"

다시 다그치듯이 물어보는 김일성.

그 말에 이 비서는 고개를 숙였다. 이 세계에서 그의 기분을 거스르고 살아남을 수는 없으니까.

확실하게 죽느냐, 아니면 안 걸리고 살아남느냐라는 두 가지 카드 중에서 그나마 나은 것은 후자였다.

"제가 생각해 보겠습니다."

"그래, 이 비서가 책임지고 한번 실행해 봐."

"네, 회장님."

고개를 숙이면서도 그는 참담한 기분을 감출 수 없었다.

"뭐라고요? 따라다니는 사람?"

"네."

노형진은 조준혁의 말에 약간은 당황스러운 얼굴이 되었다.

"절 따라다니는 사람이 있더군요."

"확실합니까?"

"네……."

"도대체 누가요?"

"아마도……."

조준혁은 말하지 않았지만 대충 아는 것 같은 눈치였다. 그리고 노형진도 물어봤지만 그들이 누군지는 이미 알고 있었다.

'그렇지. 그런 놈들이지.'

조준혁은 성화에 있다가 대룡으로 넘어온 사람이다. 더군다나 약점을 찾으려고 했던 전력도 있다.

"제가 성화에 붙었으니 아무래도 그냥 두고 싶지는 않은 모양입니다."

"흠……."

노형진은 자신도 모르게 고개를 끄덕거렸다.

더군다나 김일성은 한때 폭력단을 이끌었던 인물이다. 그런 인물이 배신자를 그냥 둔다고 보기에는 어렵다.

"그런데 어떻게 알았습니까?"

"제가 성화를 그냥 다닌 게 아닙니다."

조준혁은 쓸쓸하게 웃었다. 자신이 실험하다가 걸린 것도 누군가의 감시 때문이었다. 그런데 매일같이 실험하는 실험실 직원인 만큼 특이한 게 전혀 없는 일상인데도 걸렸다는 건 자신이 감시의 대상이었다는 소리다.

"솔직히 이렇게 해직당하고도 손쓸 거라고는 생각도 못 했습니다."

"아무래도…… 전과는 다른 상황이니까요."

확실히 성화의 김일성 회장이 다시 복귀하고 난 후 성화는 전과는 다르게 바뀌었다. 좋게 말하면 활력이 넘치는 거고, 나쁘게 말하면 과도할 정도로 공격적이었다.

'그런 성화 회장이니…….'

자신의 기업에서 일하다가 정보를 가지고 상대 기업에 간 사람을 그냥 둘 것 같지는 않았다.

"어쩌죠?"

조준혁은 불안한 듯 중얼거렸다.

"글쎄요…….'

일단 그렇게 접근하는 녀석을 막는 것은 어려운 일이 아니다. 대룡에 이야기하면 접근하는 녀석들을 잡아 줄 테고, 그게 힘들면 조준혁을 안전한 곳으로 옮겨서 보호할 수도 있다.

"막는 건 어렵지 않은데 일단은 그들의 속셈을 좀 알아봐야겠군요."

"네? 속셈요?"

"네. 단순히 린치를 가하기 위해서 따라다니는 것 같지는 않습니다."

그랬다면 벌써 사달이 벌어졌어야 한다. 그런데 일주일 가까이 따라다니기만 한다는 것은 그런 의도가 아니라는 뜻이다.

"노리는 게 있다는 뜻이지요. 설마 근무시간을 모를 리는 없고."

"후우……."

"절 믿으세요. 그 녀석들은 조준혁 씨에게 손도 대지 못할 겁니다."

"네."

조준혁은 떨리는 마음을 진정시키면서 고개를 끄덕거렸다.

⚖️

"저 녀석인가요?"

"네, 상당히 프로더군요."

"프로?"

"네."

고문학은 커피숍에서 느긋하게 앉아서 맞은편에 있는 노형진을 보면서 웃으면서 중얼거렸다. 누가 보면 마치 오후의 티타임을 즐기는 손님처럼 보였다.

"좀 살펴봤는데 아주 전문적으로 따라다닙니다. 우리도 사전에 안 들었다면 몰랐을 겁니다."

그렇게 말한 그는 조용히 눈을 감고 커피를 음미했다. 물론 상대방을 속이기 위한 행동이었다. 가까이서 보니 그는 실눈을 뜨고 그들을 살피고 있었다.

"노형진 변호사님 말씀대로 단순히 린치를 위해서 따라다니는 녀석은 아닙니다. 혼자 있는 경우가 좀 있었는데 그때도 그냥 넘어가더군요. 린치를 하려고 했다면 그 시점을 놓

치지는 않았겠지요."

"흠……."

노형진 역시 맞은편에서 고개가 돌아가려는 것을 애써 참으면서 고개를 끄덕거렸다.

"그러면 목적이 뭘까요?"

"글쎄요…… 아마도 우리가 봐서는 정보인 것 같습니다."

"정보?"

"네, 연구실 근처에서 그가 들어가고 난 후 상당히 안 움직입니다. 움직이는 사람들 같은 걸 확인하는 듯하더군요."

노형진은 살짝 눈썹이 올라갔다.

"어째서요?"

"모르지요. 하지만 단순히 린치가 목적이 아니라면 연구실에 대한 정보를 얻는 게 목적이 아닐까 하는 생각이 듭니다."

"연구실?"

"네."

노형진은 약간 불안한 느낌이 들었다. 단순히 린치가 아니라 연구실을 감시하는 거라면 이상하기 때문이다.

"이런 경우가 보통 없지는 않죠."

"네?"

그런 노형진의 의심에 고문학은 아예 대놓고 불을 지폈다.

"없지는 않다니요?"

"아무래도 뭔가 마음에 안 들면…… 아시잖습니까?"

노형진은 최대한 목소리를 낮췄다.

"설마 테러라도 하려는 겁니까?"

고문학은 씩 웃었다.

"불의의 사고란 가끔은 일어나는 거니까요. 그런데 그런 건 보통 상당히 예민한 경우에만 하는데 왜 그러는지 모르겠군요."

"흠……."

노형진은 고문학의 말에 더 이상 말을 아꼈다. 아직 이 계획에 대해서는 아는 사람이 무척이나 드물기 때문이다.

고문학도 자세한 사항은 모른다. 그가 아는 것이라고는 그 연구실과 조준혁이 보호 대상이라는 것뿐이다.

'하긴…… 생각해 보면 저쪽에서 의심할 만도 하군.'

당장 이쪽에서 실험을 통해서 그게 해로운 물질인 걸 알게 되면 그걸 자신들에게 대한 공격용으로 쓸 수도 있다는 걸 모르지는 않을 것이다.

물론 정작 그걸 아는 유민택은 다른 대기업들과 전쟁 상태에 들어갈까 걱정되어 사용하지 못하지만 말이다.

'하지만…….'

그 부분에 대해서 잊는다고 치면 이것처럼 확실하고 좋은 방법이 없는 건 아니다. 화학물질에 의한 테러. 이 얼마나 확실하게 상대방에게 타격을 입힐 수 있는 방법인가?

"아무래도 제가 저들과 이야기해 봐야겠군요."

"저들과요? 우리가 의심한다는 걸 알면 바로 도망갈 텐데요?"

노형진은 씩 웃었다.

"의심을 안 받으면 되죠."

노형진에게는 사이코메트리라는 기술이 있으니 말이다.

⚖️

시커먼 봉고 안에서는 남자들이 건물을 뚫어져라 바라보고 있었다.

"형님, 어째 출퇴근하는 사람이 좀 적지 않습니까?"

"글쎄……."

그들은 며칠간 조준혁과 연구소를 감시하고 있었다. 그런데 자신들이 알아낸 것에 비해서 출퇴근하는 사람들의 숫자가 적었다.

"아마도 야근하나 보지."

"야근요?"

"모르냐? 지금 성화와 대룡은 전쟁 중이잖아. 어디 성화가 사람을 사람 취급하디?"

"아아, 하긴…… 대기업이 그렇지요, 뭐."

성화를 따라잡기 위해서 대룡도 연구원들을 마구 다그치고 있다면 퇴근하지 못하는 것도 이상하지 않다. 퇴근을 못 하는데 출근할 리 없지 않은가?

"하지만 작업하려면……."

그때였다. 누군가 창문을 똑똑 두들기는 소리를 냈고 운전석에 있던 사람은 그쪽으로 고개를 돌렸다. 거기에는 한 남자가 안전모를 쓰고 운전석 옆에 서 있었다.

"뭡니까?"

"죄송한데 여기 가지치기를 하는 중이라서요."

뒤를 돌아보니 한 대의 작업용 차량이 서서 기다리고 있는 것이 보였다.

"그래서요?"

"차를 좀 빼 주셔야 하는데요."

"그냥 해요."

"일단 우리 차를 여기에 대는 문제도 있고요. 그리고 가지치기 하면 나뭇가지 같은 게 떨어질 텐데요. 그러면 차에 상처가 납니다."

"끄응."

운전석에 있던 녀석은 뒤를 흘낏 바라보았다. 그곳에 있는 대장의 허락이 필요했기 때문이다.

"빼. 쓸데없는 관심을 끌 필요는 없다."

"네."

차를 빼기 위해서 시동을 걸고 액셀을 밟는 운전자. 하지만 어쩐 일인지 차가 앞으로 갈 생각을 하지 않았다.

부아앙.

"뭐 하는 거야?"

소리만 나고 차가 앞으로 가지 않자 짜증을 내는 보스.

"그…… 글쎄요……."

당황하는 운전사. 안전모를 쓴 직원은 곤란하다는 표정이 되었다.

"바로 빼 주셔야 하는데요."

"젠장…… 일하는 꼴하고는."

얼굴을 찡그린 운전자와 보스는 차에서 내려서 차로 다가 갔다. 그리고 뒷바퀴를 보면서 얼굴을 찡그렸다.

"뭐야?"

뒷바퀴에 바람이 다 빠져서 축 늘어진 것이 보였던 것이다. 그 바람에 제대로 접지가 안 되어서 허공에 붕 뜬 것처럼 타이어가 헛돌고 있었다.

"아…… 뭐야……."

"어디서 못이 박혔나 본데요?"

부하는 그곳으로 가서 살피다가 얼굴을 찡그렸다. 무척 작은 못이 박혀 있었다. 이런 못이라면 모르는 사이에 조금씩 바람이 빠졌을 것이다.

"젠장."

모르는 사이에 계속 바람이 빠졌으니 여기서 정차해 있는 동안 바람이 다 빠진 것이리라.

직원은 난처한 표정을 지었다.

"아…… 이러면 곤란한데. 바로 작업 들어가야 하는데."

"견인차 부르겠습니다."

"아, 그건 좀 그런데요, 시간이 없어서. 오늘 중으로 이 구역 다 해야 하거든요. 음…… 저기 연구소에 가서 견인 줄 같은 게 있으면 빌려 오죠. 우리 차의 힘이라면 조금은 움직일 수 있을 겁니다."

그러면 견인차가 올 때까지 기다리지 않아도 된다.

직원은 연구소 쪽으로 가려고 했지만 다음 순간 대장이 더 빨리 움직여 그럴 수가 없었다.

"그건 좀 곤란한데요."

"네?"

연구소 쪽으로 가는 남자의 손을 꽉 잡고 놓지 않는 대장.

"저기요…… 우리 급한데."

"바로 견인차를 부르겠습니다. 30분도 못 기다립니까?"

점점 강해지는 남자의 손아귀의 힘에 직원은 얼굴을 찡그리면서 고개를 끄덕거렸다.

"알았습니다. 알았다고요."

"감사합니다."

결국 한참이 지나서 견인차가 나타나 그 차를 끌고 가고 나자 업무 차량은 그 옆에 자리를 잡고 나무를 정리하기 시작했다. 하지만 아까 그 직원은 팔에 난 멍을 보면서 올라갈 생각을 하지 않았다.

그때 저만치에서 누군가가 다가와 그의 팔을 들여다보았다. 고문학이었다.

"멍들었네요?"

"힘이 세더군요. 확실히 일반인은 아닙니다. 일반인이라면 이렇게 팔 힘만으로 멍들게 하지 못할 겁니다."

자신의 팔에 난 멍을 보면서 안전모를 쓴 노형진은 얼굴을 찌푸렸다.

"그나저나 뭘 알아본다고 하지 않으셨습니까?"

"네, 이미 알아봤습니다."

"네?"

"그는 연구소에 자신들의 정체가 알려지기를 바라지 않더군요."

"아니, 그거야 당연한 거 아닙니까?"

고문학은 고개를 갸웃했다. 그건 당연한 건데 뭘 그렇게 거창하게 쇼를 한 거란 말인가?

"뭐, 그거 말고도 사람의 표정은 많은 걸 알려 주거든요."

"네?"

노형진은 대답하지 않았다.

사실 말은 그렇게 했지만 이 모든 것이 그들과 자연스럽게 접촉하고자 하는 계획이었다. 이렇게 팔을 꽉 잡을 줄은 몰랐지만 어찌 되었건 그들과 접촉해 자연스럽게 연구소 이야기를 하면서 그들의 기억을 자극한 것이다.

"뭐, 그렇게 말씀하신다면야."

고문학은 어깨를 으쓱했다. 확실히 노형진에게 자신이 모르는 뭔가 있기는 한 것 같지만 그런 것에 예민하게 파고들 필요가 없다는 걸 알기 때문이다.

"하지만 이건 확실한 것 같습니다."

"어떤 거요?"

"일이 재미있어질 것 같군요, 후후후."

"뭐라고?"

유민택은 자신의 귀를 의심했다. 일반적인 상식을 가진 사람이라면 전혀 가질 수 없는, 말도 안 되는 소리가 나왔기 때문이다.

"테러?"

"네, 정보에 따르면 성화에서는 해당 연구소에 일종의 테러를 감행할까 생각 중인 듯합니다."

"아니, 어째서?"

"왜일까요?"

"우리가 그들의 시장에 들어가는 게 한두 번도 아니고…….끄응…… 그렇군…….."

말하려고 하던 유민택은 왠지 이해가 가는 표정이 되었다.

"우리가 김일성 회장이 복귀한 이후에 들어가는 건 처음이군."

"네."

"거기에다가 지난번에 김일성 회장이 우리한테 한 방 먹었지."

"그렇지요."

"이해가 간다고 해야 하나? 하지만…… 지금 세상이 어떤 세상인데."

"세상이 바뀐다고 대기업이 바뀝니까?"

"……."

유민택은 할 말이 없었다.

확실히 세상이 바뀐다고 기업이 바뀌지는 않는다. 가장 발전이 느린 곳이 대기업이다. 돈에 관해서는 빠를지 모르지만 내부적인 발전이나 특히 권력에 관해서는 한국 기업들처럼 느린 곳도 드물다.

"그리고 기업이 바뀌지 않는데 사람이 바뀔 것 같습니까?"

"끄응…… 하긴…… 사람이 바뀌는 게 가장 힘든 일이기는 하지."

대기업은 그래도 몇몇의 중간 직책을 바꾸면 좀 나아질 수는 있다. 하지만 사람은 홀로 개과천선해야 하는데, 다른 사람도 아닌 대기업인 성화의 총수가 갑자기 개과천선한다는 건 말도 안 된다.

"시대가 발전했다고 모든 게 바뀌는 건 아닙니다."

"그래서 김일성 회장은 우리에 대한 테러도 준비하고 있다는 건가?"

"테러라기보다는 화재 유발이죠. 모든 증거와 자료가 사라지기를 원할 겁니다."

"왜? 아니 아니, 알 것 같군. 우리가 진짜로 실험해서 결과가 좋지 않게 나올 거라 생각하는 거군."

"네."

김일성이라면 분명 대학에서 나온 최초의 연구 기록을 받았을 것이다. 그리고 그게 문제가 있다는 걸 알기에 교수에게 막대한 돈을 줘 가면서 그걸 고쳐 달라고 했을 것이다.

"그런데 대룡에서 실험했는데 자신들이 아는 것과 다른 결론이 나면 일이 커지겠지요."

"그래서 우리 건물을 불태우려고 한다라……."

"네."

"하아, 그럼 그걸 어떻게 막아야 하나?"

일단 그들을 막아야 자신들의 계획을 실행할 수 있다.

하지만 노형진은 비웃었다.

"그걸 왜 막습니까?"

"뭐?"

"절호의 기회입니다. 그러니 그걸 막을 필요는 없지요."

"하지만…… 주변에 피해가……."

"피해가 갈 게 뭐가 있나요?"

"하긴, 또 생각해 보니 그렇군."

애초에 그곳은 연구소가 아니라 창고를 만들기 위해서 주변을 대룡에서 싹 다 구입한 곳이다. 그러니 피해가 갈 것도 없다. 주변 건물은 다 비어 있고, 어차피 그곳들은 다 부숴야 하는 것들이다.

"그러면 이제 어쩔 생각인가? 그냥 마냥 둘 건가? 그래도 상관없나?"

"아니요. 그냥 두기는요. 그쪽에서 테러를 원하니 좀 더 거국적으로 해 주는 겁니다."

"그 후에는?"

노형진이 씩 웃었다.

"그거 있지 않습니까? 대기업들이나 나쁜 놈들이 잘하는 거?"

"잘하는 거?"

"피해자 코스프레."

"……?"

낯선 단어에 유민택은 어리둥절할 수밖에 없었다.

다음 권으로 이어집니다

이것이 법이다

수어재 현대 판타지 장편소설 닥터 매직

심정지 환자의 골든타임은 4분!
그의 손을 거치면 죽은 사람도 되살아난다!

역병의 치료를 위해 인체 실험을 했다가 사형된 마법사
대한민국 고 3 이수비로 눈뜬 후
전생의 한을 품고 흉부외과 의사의 길을 걷다!

생체 에너지를 볼 수 있는 능력인
'직관적 투시'를 얻은 그는
남몰래 수술 중에 부당하게 사망한 사람을 살리며
부조리로 가득한 병원과 싸우기 시작하는데……

인세를 꿰뚫어 보며 인술을 실천하는 그의 이명은
'닥터 매직'!
환자가 있는 그곳이 그의 전장이 된다!